Sina Blackwood

HEIßER HERBST IN SIRMIONE

Nick & Lynn 2

AF205808

Bibliografische Informationen der Deutschen Nationalbibliothek:
Die Deutsche Nationalbibliothek verzeichnet diese Publikation in der Deutschen Nationalbibliografie; detaillierte bibliografische Daten sind im Internet über http://dnb.de abrufbar.

© 2. Auflage: Juli 2024

© Coverbild: Bedroom mess with lingerie and shoes, quick sex concept
© svittlana

Umschlaggestaltung: Sina Blackwood
Layout: Sina Blackwood

Herstellung und Verlag:
BoD – Books on Demand, Norderstedt
ISBN: 9783750402508

Inhaltsverzeichnis

Kisten und Kartons

Lynn war der Abschied von Nick, den sie in Sirmione kennengelernt und mit dem sie einen brandheißen Urlaub verbracht hatte, sehr schwergefallen. Im Flixbus gab es WLAN und so machte sie auf der langen Heimreise das, was sie schon seit Tagen hatte tun wollen – sie schaute sich im Internet seine Homepage an und alles, was sie noch finden konnte. Den Rest der Zeit schmiedete sie Pläne für ihren Umzug in die Wohnung, deren Ausbau er bereits in Auftrag gegeben hatte.

Nicks Anwalt hatte sie ermutigt, in seine Nähe zu ziehen, Massimo und Rosanna, die netten Wirtsleute, ebenfalls und das Schicksal schien nicht abgeneigt zu sein, da mitzumachen. Sie fand nämlich gleich bei ihrer Rückkehr von der Reise eine saftige Mieterhöhung für ihre Geschäftsräume im kommenden Mietjahr vor.

Der Vermieter war das, was man landläufig einen *Arsch mit Ohren* nannte. Der saß garantiert in seinem Stübchen und rieb sich die Hände, weil er Lynns kleinen Laden gern schon lange verteuert hätte, was sie bisher per Anwalt hatte abschmettern können. Mit der Bausubstanz hatte einiges im Argen gelegen. Nun waren die gröbsten Schäden repariert worden und damit hatte Lynn keine Handhabe mehr gegen eine Erhöhung. Der hatte ja keine Ahnung, dass sie nun von ihrem Sonderkündigungsrecht wegen der Erhöhung Gebrauch machen werde. Mit einem abschätzigen Schulterzucken legte sie den Brief auf ihren Schreibtisch, um sich wichtigeren Dingen zu widmen, wie der Nachricht an Nick, dass sie gut zu Hause angekommen sei.

Er freute sich sehr und versprach, sich sofort zu melden, wenn er seinen heutigen Auftrag abgearbeitet habe. Das fiel dann genau auf den Moment, wo Lynn ihre Wäsche auf den Balkon hängte, was sie sogleich um eine halbe Stunde verschob.

„Ich habe unterwegs übrigens den potenziellen ersten italienischen Raumfahrer gesehen", erzählte sie und erklärte auf Nicks erstaunte Nachfrage: „In Chiusa hat der Tankwart mit einer glimmenden Zigarette im Mund genau neben uns einen Kanister befüllt und immer wieder nachgeschaut, ob nicht noch was reingeht."

„Du veralberst mich!", rief Nick.

„Nein, ganz wirklich. Ich habe sogar Bilder gemacht. Sie sind verwackelt aber trotzdem zu erkennen. Mir haben nämlich vor lauter Angst, dass alles in die Luft fliegen könnte, die Hände gezittert."

„Ach du großer Gott!", entsetzte sich Nick, als sie ihm eins der Bilder schickte. Lynns Angst konnte nicht einmal der Bildstabilisator ausgleichen.

Dann erzählte sie ihm von der Kündigung.

„Heißt das, du wirst in wenigen Wochen hierher umziehen?", fragte er hoffnungsvoll und schickte einen Jubelschrei gen Himmel, als sie bejahte.

„Wenn ich von allen Seiten so darauf gedrängt werde, sollte ich mich wohl nicht wehren", lachte sie fröhlich.

Weniger lustig fand das Ganze dann der Vermieter, dem nun einen Haufen Geld entging. Die Räume waren schwer vermittelbar, weil nicht gerade gut gelegen. Er fragte sogar telefonisch nach, ob sie sich die Kündigung nicht noch einmal überlegen wolle.

„Nein, will ich nicht. Ich habe die Nase voll von dem ständigen Ärger. Auf Wiederhören!"

Lynn begann, den kleinen Nebenraum, der als Lager fungierte, auszuräumen, verpackte alles sorgfältig und beschriftete die Kisten. Eine Ecke in ihrem Schlafzimmer wurde als Stapelort ausersehen. Zugleich fing sie an, in der Wohnung nicht oder selten gebrauchte Dinge in Kisten zu verpacken. Darunter zwei Regale voller Bücher, die vorerst entbehrlich waren.

Jeden Abend skypte sie mit Nick, der sie über den ganzen Stress hinwegtröstete. Dabei kamen auch die erotischen Momente nicht zu kurz, wie sie es einander versprochen hatten. Sie ließ ihn immer wieder daran teilhaben, wenn sie mit dem Dildo spielte, den sie gemeinsam gekauft hatten.

„Du fehlst mir so sehr", seufzte sie dann jedes

Mal. „Ich kann es kaum erwarten, dich wieder spüren zu können."

Am zweiten Freitag nach dem Urlaub, Lynn war gerade wieder beim Packen, klingelte es an der Haustür. In der völligen Überzeugung, es sei der Paketbote, rief sie durch die Wechselsprechanlage: „Sie haben doch eine Abstellgenehmigung für die Lieferungen! Na okay, ich komme runter." Sie zog die alten Schlappen an, um per Hand zu öffnen, weil der Mechanismus ständig klemmte.

Ein großer Strauß roter Rosen schob sich durch den Türspalt, dann tauchte Nicks lächelndes Gesicht auf. Lynns sirenenartiger Freudenheuler lockte sämtliche Nachbarn ins Treppenhaus. Verlegen grinsend zog sie ihn an der Hand die Stufen hinauf, während im Haus allgemeines Kichern ausbrach.

Kaum war die Wohnungstür ins Schloss gefallen, hing sie an seinem Hals, lachte und weinte vor Freude. „Komm, setz dich! Aber erschrick nicht, bei mir sieht es chaotisch aus. Kaffee, Cappuccino, Bier?"

„Kaffee wäre prima!"

Nick schaute sich neugierig um, als sie in der Küche werkelte und auch den Blumenstrauß ins Wasser stellte.

„Ich habe die Vasen schon alle verpackt", lachte sie, ein Gurkenglas für die Rosen auf das Sideboard stellend. Mit wenigen Handgriffen

8

peppte sie es mit verschiedenfarbigem Krepppapier und einer Schleife zu einer Augenweide auf.

„Sieht gut aus!", staunte Nick.

Lynn strahlte ihn an. „Ich kann es noch gar nicht fassen, dass du da bist! Ich würde sagen, ich bin glücklich."

„Und ich störe dich mitten in der Arbeit", stellte er fest, weil überall offene Kartons standen.

„Durch dich lasse ich mich liebend gern stören. Mir geht nur langsam der Platz zum Stapeln aus."

Nick schmunzelte. „Ich glaube, ich kann Abhilfe schaffen."

Lynn machte große Augen: „Wie?"

„Ich bin mit einem größeren Van hier, und werde alles mitzunehmen, was rein passt", verriet er. „Ich habe mir sogar Papiere von den Behörden besorgt, um komplikationslos mit all deiner Habe wegen Firmenumzugs über sämtliche Grenzen zu kommen."

„Fantastisch!", jubelte sie.

In der Küche war die Kaffeemaschine auch gerade fertig geworden und so brachte sie den Kaffee in zwei großen Pötten herein. „Das gute Geschirr ist leider schon verpackt", schmunzelte sie. Die Teller für das Plundergebäck sahen auch unterschiedlich aus, was keinen von beiden wirklich störte.

„Wie ist es dir inzwischen ergangen?", fragte Lynn.

„Nicht besonders", murmelte Nick. „Du fehlst mir. Es gibt viele Dinge, zu denen ich gern deine Meinung wüsste, will dich aber auch nicht noch mit meinen Sorgen zuschütten. Deine Wohnung ist fast fertig. Jetzt, wo ich sehe, wie du es dir gemütlich machst, werde ich noch ein paar Kleinigkeiten ändern lassen. Massimo und Rosanna fragen jeden zweiten Tag, ob wir miteinander gesprochen haben, und Adriana hat sich schon ganz passabel eingearbeitet. Sie hat mehr meiner Postkartenserien in einer Woche verkauft, als Medea im ganzen Jahr. Sogar Kalender von diesem Jahr wird sie los. Zwar mit Preisnachlass, aber immerhin. Da werde ich das erste Mal nur ganz geringe Verluste verbuchen müssen." Nick verstummte.

„Und die schlechten Nachrichten?"

„Möchte ich dir am liebsten gar nicht erzählen", schnaufte Nick. „In der Zahnpaste war Strychnin und in meinem Brotmehl haben sie Rattengift gefunden."

Lynn schlug die Hände vors Gesicht.

„Ich will gar nicht daran denken, was alles hätte passieren können, wäre dir der falsche Verschluss nicht aufgefallen. Weil du dann auch noch den Dosendeckel angesprochen hast, habe ich den kompletten Bestand an Lebensmitteln aus diesem Schrank geräumt und entdeckt, dass mein Mehl anders verschlossen war, als ich das immer mache. Herr De Luca, mein Anwalt, hatte die Packung sofort zur Analyse gegeben.

Alles andere habe ich vernichtet und komplett neu gekauft. Die Anzeige wegen Mordversuchs ist raus, aber Medea ist scheinbar spurlos verschwunden."

„Die macht ihrem Namen wirklich alle Ehre", grollte Lynn.

Nick nahm ihre Hände, um sie sanft zu streicheln. „Der Zahnpaste-Anschlag galt zwar mir, aber dich hätte es getroffen! Ich wäre dann vermutlich zu einer Bestie mutiert!" Er machte eine Pause. „Na ja. Ich war inzwischen beim Arzt und habe mich vollständig durchchecken lassen. Es soll soweit alles in Ordnung sein. Dass ich nach den ganzen Vorfällen übernervös bin und nicht mal richtig schlafen kann, ist wohl verständlich. Genug gejammert."

„Wie lange kannst du bleiben?"

„Ich muss am Sonntag gleich morgens zurückfahren."

„Dann hast du aber wenigstens mal zwei Nächte, wo du dich richtig entspannen kannst", lächelte Lynn. „Du stellst dein Auto auf meinen Platz, ich nehme den von einem Nachbarn, der Urlaub hat, und da können wir auch ganz in Ruhe beladen. Nachts ist das Rolltor zu und da dürfte sich keiner an irgendwas zu schaffen machen."

„Ich hole am besten gleich meine Tasche, ziehe mich um und packe richtig mit an." Nicks Augen leuchteten endlich wieder.

Dass die halbe Nachbarschaft am Fenster hing, als Lynn ihren gut aussehenden italienischen Gast zum Auto begleitete, war abzusehen gewesen. Nur ließen sich beide nicht beeindrucken. Sie rangierten die Autos um und begannen Kisten zu schleppen. Lynn meinte es offenbar ernst, nach Italien auswandern zu wollen, wie das Autokennzeichen bewies. Wobei einige Frauen überzeugt waren, dass sie bei *dem* Mann auch dahingeschmolzen wären.

Viel erstaunter schauten sie, als Lynn statt Englisch, auf Italienisch, aus dem Fenster hinunter rief: „Altre due scatole?" Noch zwei Kartons? Und von unten die Antwort kam: „Sì. Prego!" Ja. Bitte!

Nick deckte alles sorgfältig ab, um es vor allzu neugierigen Blicken zu verbergen, dann stiegen sie gemeinsam die Treppe hinauf.

„Möchtest du essen gehen oder Hausmannskost probieren?", fragte Lynn. „Guten Wein und Knabberkram habe ich auch da."

„Wir bleiben hier, falls es nicht zu viel Aufwand ist", erwiderte Nick.

„Ganz bestimmt nicht", freute sich Lynn und bereitete Röstkartoffeln mit Zwiebeln, einem Hauch Knoblauch, Rosmarin und gebratenen Kasslerscheiben zu.

Sie stellte die große Pfanne auf eine Warmhalteplatte auf dem Tisch und jeder konnte sich nach Herzenslust bedienen. Nick schmeckte es vorzüglich.

„Das nenne ich Gemütlichkeit", seufzte er. „Ganz leger beisammen sitzen, essen, einen guten Wein trinken und über alles reden können. Ich vermute, ich werde in Sirmione öfter mal bei dir klopfen und mich zum Essen einladen. Ich bringe auch die gewünschten Zutaten mit."

„Aber gerne!", schmunzelte Lynn. „Allein schmeckt es doch auch nie so gut. Ich freue mich sehr darauf, ganz in deiner Nähe zu sein."

„Nähe ist das Stichwort", flüsterte Nick mit leuchtenden Augen.

„Oh ja! Ich habe zwar keinen Whirlpool aber eine große Badewanne", blinzelte Lynn.

Sie räumte rasch das Geschirr in den Spüler, Nick stellte Wein und Gläser auf den breiten Rand der Wanne. Dann füllte er Wasser ein. Lynn holte Badetücher, entzündete unzählige Teelichter und ließ ihre Fingerspitzen über Nicks Rücken gleiten. Die Striemen waren noch immer nicht ganz verschwunden, die sie ihm kurz vor der Urlaubsheimreise in höchster Ekstase zugefügt hatte.

Auf ihren überraschten Laut sagte er blinzelnd: „Hab mit einer Wildkatze gekämpft."

„Und? Konntest du sie zähmen?"

Nick schüttelte den Kopf. „Das würde ich nie tun. Ich huldige ihr wegen ihrer Wildheit wie einer Göttin. Das befriedigt mich im tiefsten Herzen viel mehr."

Lynn schmiegte sich an seine Brust. „Ti amo!"
Ich liebe dich!

Nick küsste sie sinnlich, hob sie in die Wanne und folgte ihr hinein. Sofort ging Lynn wieder auf Kuschelkurs. Nick hatte ihr unglaublich gefehlt. In ruhigen Phasen in ihrem kleinen Kunstlädchen träumte sie mit offenen Augen von ihm und wartete sehnsüchtig auf ein virtuelles Küssen, ein Herzchen und auf das allabendliche Telefonat. So waren schließlich auch gehäkelte Schlüsselanhänger in Herzform entstanden, die sich wachsender Beliebtheit erfreuten.

Nun genoss sie seine Nähe, die Wärme seiner Haut und das sanfte Streicheln, das keine Stelle ihres Körper aussparte. „Endlich habe ich wieder das Gefühl zu leben", flüsterte sie glücklich, um mit ihm auf ein wundervolles Wochenende anzustoßen.

Es war das erste Mal, wo sie nicht gewärtig sein mussten, jederzeit von irgendwem gestört zu werden. Entsprechend ruhig gingen sie die Zweisamkeit an. Der leichte Rotwein passte zur Stimmung. Lynn gestand blinzelnd, dass ihr Weinlager meist genau eine Flasche umfasse, die samstags ersetzt werde, falls sie bis dahin wirklich leer sei. „Morgen wäre es wieder so weit. Da müsste ich auch kurz für die ganze Woche Lebensmittel kaufen fahren", erklärte sie mit fragendem Unterton.

„Wenn du nichts dagegen hast, komme ich mit", bot Nick an.

„Oh ja, zu zweit macht auch das mehr Spaß", freute sie sich.

„Da kenne ich noch andere Sachen", flüsterte Nick, blinzelnd mit dem Kopf in Richtung Schlafzimmer deutend.

Lynn ließ das Wasser ab, beide schnappten sich ein Badetuch und waren im nächsten Moment im Bett verschwunden. Die auf niedrigste Stufe gedimmte Nachttischlampe schälte aus der Finsternis, wie Nicks Lippen über Lynns Körper auf Wanderschaft gingen, wobei sie seinen Kopf umfangen hielt, ihn für Augenblicke da fixierte, wo es ihr den meisten Spaß machte. Und Nick fand viele Stellen ...

Als seine Lippen aus dem Schoß hinauf zum Nabel wanderten, nahmen seine Fingerspitzen ihren Platz ein. Er rieb sanft ihren Kitzler, bis Lynn ihn fordern an sich zog, um ihn endlich tief in sich spüren zu können.

„Du unersättliches Geschöpfchen", wisperte Nick, weil Lynn von einem Glücksrausch zum nächsten glitt.

Sie lächelte mit geschlossenen Augen, kuschelte sich an seine Brust und hob die Schultern. „Wenn es doch aber so schön ist."

„Dann wirst du jetzt auch ganz brav schlafen, damit es morgen früh mehr davon gibt", schmunzelte Nick, die Decke auf das Bett ziehend.

Lynn schlief wirklich sofort ein. Nick streichelte sanft ihr Haar und lag noch eine kleine

Ewigkeit wach. Heute wäre der Tag gewesen, an dem er die Maya-Pyramide des Kukulcán in Chichén Itzá für einen Bildkalender fotografieren sollte. Wenn er es sich recht überlegte, würde er lieber Lynn überzeugen, für einen brandheißen Akt-Kalender Modell zu stehen oder liegen. Am besten, wie es jetzt wieder groß in Mode war, schwarz-weiß, wo man geschickt mit Licht und Schatten spielen konnte, um das Gesicht unsichtbar zu machen. Und selbst in Farbe gab es tausend Varianten, nur bestimmte Stellen in den Fokus zu rücken. Dann stoppte Morpheus schließlich doch noch den bewussten Gedankenfluss.

Nick wurde erst wach, als er die Wohnungstür klappen hörte und zugleich ein unwiderstehlicher Duft frischer Brötchen durch die Räume zog. Er sprang aus dem Bett und lugte in die Küche.

„Guten Morgen!", rief Lynn, gerade die Kaffeemaschine einschaltend. „Gut geschlafen?"

„Wie ein Murmeltier", gab Nick zu. „Ich habe nicht einmal gemerkt, dass du weg warst." Er beobachtete erfreut, wie liebevoll sie das Frühstück vorbereitete. Er war dankbar, dass sie ihm keine Vorwürfe machte, sein Versprechen nach Sex zum Wachwerden nicht eingehalten zu haben.

„Sehr gut! Ein bisschen mehr Ruhe ist genau das Richtige."

Er nickte und beeilte sich, in Bad und Kleidung zu kommen, um sie nicht zu lange warten zu lassen. „Hmm, wie das duftet!", seufzte er verzückt, als er eines der frischen Bäckerbrötchen aufschnitt. „Solche gibt es bei uns leider nicht."

„Dann werde ich wohl am Wochenende selber für uns backen müssen", erwiderte Lynn. „Leckere Quarkbrötchen, zum Beispiel."

Nick strahlte über das ganze Gesicht. „Für uns. Das klingt wie Musik in meinen Ohren."

Für Lynn nicht verwunderlich, wo sie doch auch von anderer Seite erfahren hatte, dass seine Noch-Ehefrau jegliche Hausarbeit verweigerte. Nick war, als weitgereister Weltenbummler, ein völlig pflegeleichter Typ, was Essen anging. Er mochte es hin und wieder pompös stilvoll, nahm aber Einfaches dankbar an, wenn es mit Liebe zubereitet war. Jetzt strich er sich, wie Lynn, Marmelade und Konfitüre auf die Brötchenhälften.

„Ich glaube, ich bin glücklich", sagte diesmal er und beide lachten vergnügt.

Genau so fröhlich ging es später beim Einkaufen zu, wo sich der Wagen rasch füllte, weil Nick einige Dinge erspähte, die er mit nach Hause nehmen wollte. Lynn kontrollierte noch einmal ihren Zettel: Kartoffeln, Zwiebeln, Obst, Gemüse, Frischkäse, Wein und Sekt waren die wichtigsten Dinge. Bei den Hygieneartikeln stutzte Nick. Ihm fiel ein, dass Frauen ja auch hier etwas mehr benötigten und danach sofort, dass er Lynn nie gefragt hatte, ob sie irgendwie verhüte.

„Alles gut", hörte er sie sagen und diesmal fragte er verdutzt: „Erlernt oder angeboren?"

Worauf Lynn kichernd erklärte: „Dein Blick sprach Bände, da muss man wirklich nicht Gedanken lesen können. Ich wäre sicher auch die Letzte, die dir, auf die Art und ausgerechnet jetzt, ein Problem für das ganze Leben reinwürgen würde."

„Das weiß ich. Nur wäre in dem Fall ich der Schuldige gewesen, eben weil ich nie gefragt habe." Nick lächelte versonnen. „Ich würde aber voll dazu stehen." Er streichelte Lynns Hand, deutlich den Brillantring fühlend, welchen sie nur zum Putzen, Räumen und Baden abzog, um ihn nicht zu ruinieren.

An der Kasse hatte Nick so schnell seine Kreditkarte zur Hand, dass Lynn keine Chance hatte, zu bezahlen. „Mir fällt es ein bisschen leichter als dir", blinzelte er, den schweren Wagen zum Auto schiebend. Dort staunte er dann, wie Lynn mittels Kofferraumtetris Beutel um Beutel und Karton um Karton verstaute, ohne die Abdeckung hochklappen oder Rückbank umlegen zu müssen. „Phänomenal", meinte er beeindruckt. Nun sah er Lynns weißen Flitzer gleich mit ganz anderen Augen, nämlich als idealen Lastesel, dem er ursprünglich nicht mehr als Geschwindigkeit zugetraut hatte.

Zu Hause lud Nick gleich seine Kisten in den Van, dann schaute er Lynn mit wachsender Begeisterung beim Kochen zu. Natürlich reichte er ihr hin und wieder auch benötigte Dinge. Er liebte es, wie sie ihn an ganz alltäglichen Arbeiten teilhaben ließ. Medea hatte es schon gehasst, wenn er sich mit ihr in einem Raum aufhielt, geschweige denn hätte sie ihn zusehen lassen. Als Lynn das Kochwasser der Kartoffeln abgoss, deckte er den Tisch.

Paniertes Schweineschnitzel mit in Butter geschwenktem Mischgemüse und Salzkartoffeln hatte er ewig nicht gegessen. Der Saft der Zitronenscheibe auf dem Schnitzel brachte das Tüpfelchen auf das i. Lynn freute sich besonders, ihm mit leckerem Essen ein Lächeln ins Gesicht gezaubert zu haben. Nach einem kleinen Verdauungsspaziergang, quer durchs Wohnviertel, holte sie sich die Belohnung und gleich noch den versprochenen Bonus vom Morgen mit.

Als sie eine Flasche Wasser aus dem Kühlschrank nehmen wollte, war ihr Nick gefolgt. Mit diesem Wissen bückte sie sich besonders aufreizend hinunter und der Werwolf konnte nicht anders, als sofort das Wölfchenspiel zu zelebrieren, wie er es mit funkelnden Augen bezeichnete. Lynn stützte sich auf der Sitzfläche des Stuhls ab. Nur blieb der nicht am Fleck stehen. Als er wieder wegrutschte, hob Nick Lynn kurzerhand auf die Küchenzeile und befriedigte sie von vorn.

„Noch mal", schnurrte sie wie ein Kätzchen.

Er umfasste ihren Po und zog sie fest an sich. „Heute Abend gibt es mehr." Er ließ sie langsam nach unten gleiten, sodass sie noch einmal seinen Penis spüren konnte. „Jetzt sollten wir tun, was du dir für dieses Wochenende vorgenommen hattest", forderte er.

Lynn gab seufzend nach. Er hatte ja recht. Ein paar Minuten später waren sie schon auf der Autobahn, um in Lynns kleinem Laden den Umzug vorzubereiten. Statt, wie geplant, alles zum halben Preis anzubieten, packte sie nun zusammen, was man in Sirmione sicher auch zum vollen Betrag verkaufen konnte. Er schraubte Regale auseinander und verstaute die Einzelteile in Lynns Auto, dessen Transportqualitäten ihn erneut überraschten. Als die wichtigsten Dinge eingeladen waren, schaute er sich noch einmal auf der Straße um. Ein Wunder, dass Lynns Geschäft hier überhaupt so lange überleben konnte.

Mit Klebestreifen brachte sie an der Schaufensterscheibe das Hinweisschild an, dass das Geschäft Ende September aufgegeben werde. Dann verschloss sie die Tür. „Ist trotzdem ein komisches Gefühl."

Nick streichelte ihre Wange. „Das glaube ich dir aufs Wort. Es kann aber nur besser werden."

„Das denke ich inzwischen auch", gab sie zu und jagte ihren Wagen über die Autobahn.

„Nicht schlecht, der Kleine", sagte Nick anerkennend, als sie wieder auf dem Parkplatz standen. „Man darf wirklich nichts nach dem harmlosen Äußeren bewerten. Weder das Auto noch seine Halterin. Die haben beide unglaubliche Überraschungen zu bieten."

Lynn steckte ihm wieder mal genüsslich lächelnd die Zungenspitze heraus. Man konnte Männer nur überzeugen, ein gutes Auto zu haben, wenn sie es live erleben durften. Nick trug die Möbelteile in den Keller. Zwei Kisten Waren verstaute er im Van. Für den Fall einer Grenzkontrolle hatte Lynn ein Inhaltsverzeichnis mit Preisen beigelegt.

Wenig später saßen beide mit untergeschlagenen Beinen auf dem Sofa, tranken Kaffee aus den Riesentassen und tauschten sich über geplante Projekte aus.

„Lynn", sagte Nick plötzlich, „mir ist heute Nacht ein Gedanke gekommen, der mich nicht wieder loslässt. Statt des Kalenders mit Bildern der Maya-Bauwerke aus Mexiko würde ich lieber gern einen ganz besonderen Aktkalender mit dir auflegen."

„Mit mir?", stotterte Lynn überrascht und riss die Augen auf.

Nick erklärte ihr ruhig und sachlich das Projekt, welches in seinem Kopf schon Gestalt angenommen hatte.

„Klingt spannend", murmelte Lynn. „Ich darf doch hoffentlich bis nach dem Umzug drüber nachdenken?"

„Aber ja doch! Ich bin schon glücklich, dass du überhaupt darüber nachdenken willst. Ich habe sogar mit einem kategorischen Nein gerechnet." Dann fügte er zögernd hinzu: „Ich will nicht mehr durch die Welt hetzen, um vergessen zu können, was zu Hause ist. Ich will zu Hause sein, weil es da jetzt heimelig zu werden beginnt, weil du in meiner Nähe sein wirst. Und wenn ich wirklich reise, dann gemächlich und mit dir, so du geneigt bist, mich zu begleiten."

„Du schließt mich in all deine Planungen ein?", versuchte Lynn, zu verstehen.

„Als Geschäftspartnerin, als Lebenspartnerin oder wenigstens als liebe Freundin, mit der ich bevorzugt meine Zeit verbringen möchte", erklärte Nick leise.

„Die Punkte eins und drei lassen sich beim derzeitigen Stand der Dinge zumindest problemlos bewerkstelligen", blinzelte Lynn, ihm so signalisierend, nicht abgeneigt zu sein, mit ihm die Welt zu erkunden.

Nick schloss sie liebevoll in die Arme, um sie minutenlang einfach nur festzuhalten, und bei sich zu spüren. „Ich bin übernächste Woche wieder hier", flüsterte er. „Mit einem großen Auto, um den Umzug zu fahren."

„Dann muss ich mich aber beim Einpacken beeilen", staunte Lynn. „Wenn ich nur die lebensnotwendigen Dinge hierbehalte und auf einer Luftmatratze schlafe, können wir da wirklich schon komplett ausräumen."

„Ich lasse dich am Ende auch nicht allein nach Sirmione fahren", versprach Nick. „Ich komme mit Zug oder Flugzeug her und begleite dich."

„Das ist lieb von dir! Ich habe nämlich ein bisschen Panik vor dem ganzen Mautkauderwelsch", gab Lynn freimütig zu.

„Keine Sorge, ich rette dich!"

Sie küsste ihn auf die Nasenspitze. „Ich rette uns jetzt erst mal vor dem Verhungern. Tee zum Abendbrot?"

„Ja gerne! Pfefferminz am liebsten."

„Sollst du haben." Lynn pflückte auf dem Balkon frische Blätter, die sie mit kochendem Wasser aufgoss. Verschiedene Sorten Brot, Wurst, Käse und diverses Gemüse standen ebenfalls rasch auf dem Tisch.

„Für dein Kräutergärtchen und deine vielen Zimmerpflanzen muss ich mir noch was Vernünftiges einfallen lassen", seufzte Nick. „Würdest du sie mir überhaupt zum Transport anvertrauen?"

Lynn schaute ihn nachdenklich an. „Ich war schon drauf und dran, sie zu verschenken, weil die neue Wohnung so kleine Fenster hat."

„Tu es nicht! Ich verspreche, dass ich sie, bis du da bist, bei Rosanna unterbringe oder wenigstens von ihr pflegen lasse, weil sie ein Händchen für Orchideen und Würzkräuter hat."

„Einverstanden!", rief Lynn überglücklich. Sie liebte ihre Pflanzen sehr, was Nick nicht entgangen war.

Auf einmal sah Lynn regelrecht eine Glühbirne über seinem Kopf aufgehen. Der Gedanke musste wirklich grandios gewesen sein. „Nein, das wird nicht verraten!", rief Nick sofort, weil er wusste, dass sie ihr der Einschlag der Blitzidee nicht entgangen war. „Ach, ich bin ja so gut!"

„Unbestritten." Lynn nahm es zum Anlass die Weingläser und etwas Knabberkram auf den Couchtisch zu stellen, um wieder auf Tuchfühlung zu gehen. Auf sein Blinzeln erwiderte sie: „Ich muss Vorräte für die nächsten beiden Wochen anlegen."

„Aha, so nennt man das also", schmunzelte er, wobei er es ja ganz genau so betrachtete. Er mochte gar nicht daran denken, am Morgen fortzumüssen. „Bitte nur ein Glas Wein."

„Ja, Schatz. Wenn du gar keinen möchtest, ist es mir auch völlig verständlich."

„Eins geht." Nick legte ihre Hand seine Wange.

Sie tranken in Ruhe das Abschiedsglas, genossen das gemeinsame Entspannungsbad, um erst im Bett wirklich an Sex zu denken. Aber dann eben richtig.

„Wölfchenspiel?", flüsterte Lynn, sich auf die Bettkante kniend.

Nick gab ein tiefes Knurren von sich, umfasste ihre Taille und ließ seine Zähne über ihre Haut gleiten, hin und wieder sanft zuschnappend. Dann huschten seine Fingerspitzen zwischen ihre Schenkel. „Der Wolf muss erst prüfen, ob seine Gefährtin wirklich heiß ist. Oh ja, das ist sie! Brandheiß!"

Nach ein paar Minuten Wölfchenspiel schnappte der Wolf seine Beute, warf sie auf das Bett und spielte nach seinen Regeln. „Pfeif auf das Kamasutra! Auch Rentersex kann richtig abgehen." Er vereinigte sich mit ihr in zugewandter Seitenlage.

„Wie kamst du auf Rentnersex?", lachte Lynn, als sie sich schließlich zum Schlafen aneinanderschmiegten.

Nick kicherte: „Weil es eine so bequeme Stellung ist und du die Intensität bestimmen kannst, du kleines unersättliches Geschöpfchen."

Lynn zog den Kopf ein. „Oooops. Da habe ich mir wohl einen Spitznamen für die Ewigkeit geschaffen."

„Vor allem aber einen besser passenden, als Sukkubus oder Vamp", schmunzelte Nick.

„Au weia", murmelte Lynn. Und nach einigen Sekunden: „Sag mir bitte sofort, wenn ich dich nerve."

„Du nervst nicht, Schatz." Nick zog sie fest an sich und löschte das Licht.

Drei Uhr morgens summte der Handy-Wecker. Lynn sprang aus dem Bett, um das

Frühstück vorzubereiten, während sich Nick anzog und im Bad tagfertig machte. Der Kaffeeduft ließ ihn lächeln. „Ich möchte jeden Morgen so mit dir beginnen, dann kann es nur ein guter Tag werden."

Lynn grinste: „So hektisch?"

„Etwas ruhiger, wenn es sich einrichten ließe", schmunzelte Nick. „Pass in den nächsten Tagen gut auf dich auf. Mach langsam beim Packen und warte wegen der Möbeldemontage, bis ich da bin", bat er. „Ich werde mich jetzt sofort in die Spur begeben, in der Hoffnung, ohne übernachten zu müssen, nach Hause zu kommen."

Auf Lynns sorgenvollen Blick versprach er: „Ich werde auf jeden Fall eine lange Mittagsrast einlegen, und vielleicht auch die Augen für ein Stündchen schließen."

Den Abschiedskuss am Auto beobachtete, trotz der frühen Stunde, wieder die halbe Nachbarschaft, wie die sich bewegenden Gardinen deutlich genug verrieten. Dann schaute Lynn dem Van hinterher, bis die Rücklichter nicht mehr zu erkennen waren. „Arrivederci", flüsterte sie, sich eine Träne wegwischend, die sich einfach nicht hatte unterdrücken lassen.

Nick meldete sich von unterwegs drei Mal. Beim ersten Mal hatte er stundenlang bei München im Stau gestanden, beim zweiten Mal am Brenner, hinter dem er auch gleich sehr spät Mittag machte. Die letzte Meldung kam per Telefon aus Sirmione, wo er gegen 23 Uhr gut angekommen war. Der Van stand in der Tiefgarage auf einem Gästeplatz und wartete darauf, am nächsten Morgen ausgeräumt zu werden. „Ich stelle ihn direkt auf die Straße vor das Haus", erklärte Nick. „Zwei gute Bekannte helfen mir beim Ausladen. Da wird das Chaos auf der schmalen Straße schon überschaubar bleiben, zumal ich den Nachbarn, die es beträfe, per SMS Bescheid gegeben habe. De Luca hat mir Papiere in den Briefkasten gesteckt, die ich morgen, aber erst nach der Packaktion, auch noch sichten muss."

„Ich hoffe so sehr auf gute Nachrichten für dich!", rief Lynn. „Ich will mich in den nächsten Tagen von den Fledermäusen, oder wie du immer sagst, *pipistrelli*, in unserem Kirchturm verabschieden. Der Pfarrer hat gemeint, ich dürfe zu ihnen hinauf steigen. Das lasse ich mir doch nicht entgehen."

„Du und deine Fledermäuse", lachte Nick. „Ich gehe jetzt erst mal schlafen. Aber nicht kopfunter. Gute Nacht, mein Schatz."

„Gute Nacht. Träum was Schönes!" Im Gegensatz zu Nick, der ziemlich fertig war von der langen Tour, konnte Lynn gar nicht schlafen. Von A, wie Abschied vom alten Leben, bis Z, wie Zukunft in Sirmione, drehten sich ihre Gedanken um die nächsten Tage. Die Übergabe von Geschäftsräumen und Wohnung machten ihr wenig Sorgen. Beides war zu übergeben, wie angenommen – also ohne Malerarbeiten und einfach besenrein. Ihr fiel sogar der böse Witz ein, wo ein Mann in der Zoohandlung vier Ratten kaufte, weil er die Wohnung wie angenommen übergeben müsse. Sie war neugierig, wie ihr neues Domizil wohl nach der Renovierung aussehen werde. Sie hatte sich absichtlich keine Bilder zeigen lassen, um den Überraschungsmoment genießen zu können.

Einzig Medea machte ihr Sorgen. Und wegen der hätte sie nun auch nicht mehr schlafen können, selbst wenn sie es gewollt hätte. Was mochte wohl in den Papieren stehen, die Nick bekommen hatte? Das waren Dinge, die man nicht am Telefon besprechen musste.

In den nächsten beiden Wochen lebte Lynn dann schon sehr auf Sparflamme. Ein Schlafsack auf einer Thermomatte war die ganze Ausstattung, die sie für die Nacht brauchte. Also sprachen sie sich ab, an jenem Tag, nachdem der LKW gepackt wurde, die Wohnung zu übergeben und gemeinsam nach Sirmione zu fahren. Nick kam mit dem Flugzeug, Lynn holte ihn in Leipzig ab. Sie musste herzlich lachen, als er Thermomatte und Schlafsack als einziges Gepäck dabei hatte.

Die letzten Teile aus dem kleinen Laden passten mit etwas gutem Willen in Lynns PKW, sodass der Laster wirklich nur die Wohnadresse zum Ein- und Umpacken anfahren musste. Der Fahrer war dankbar, dass es ein ordentliches Abendbrot gab. Auch das Frühstück am nächsten Morgen nahmen sie gemeinsam ein, um Tisch, Stühle und Kaffeemaschine zu allerletzt noch zu verstauen. Während der LKW schon die Fahrt nach Italien antrat, übergaben Lynn und Nick alle Schlüssel gegen Unterschrift an die jeweiligen Vermieter.

Der vom Laden guckte natürlich besonders pikiert, als Lynn mit Begleiter erschien. Dumme Sprüche verkniff er sich schon deshalb, weil er ihn als Lynns italienischen Geschäftspartner vorgestellt bekam. Irgendwo kreiste wohl die Mafia durch seine Gedanken, wie Lynn und Nick später im Auto übereinstimmend und herzlich lachend feststellten.

Weil der Verkehrsfunk keine größeren Probleme meldete, entschieden sie sich, über München und Kufstein zu fahren. Nick amüsierte sich, weil Lynn noch vor dem Brennerpass erneut sagte: „Aber von dem Mautzeug habe ich keine Ahnung!" Er lotste sie ohne Mühe durch das System und Lynn atmete tief durch. Auf dem nächsten Rastplatz machten sie eine halbe Stunde Pause.

„Fahrerwechsel?", fragte Nick.

Lynn schüttelte den Kopf. „Muss nicht sein. Spiel du lieber Fährtenhund und sag mir Bescheid, falls ich mich bei irgendwelchen Auf- oder Abfahrten vorsehen muss."

An der Paganella-Raststätte tranken sie Kaffee und dann war es nicht mehr so weit, um ernst-

haft über irgendwelche Zwischenstopps nachzu-
denken.

„Schau mal, wer da steht!" Nick streckte den
Zeigefinger zu den LKW-Parkplätzen aus. „Er
wird sicher hier übernachten."

Das Hallo auf beiden Seiten war entsprechend
groß und der Fahrer bestätigte Nicks Vermu-
tung. Hier konnte man relativ entspannt in der
Kabine schlafen, weil jeder auf jeden aufpasste.
Es wurde trotzdem später Abend, ehe sie endlich Sirmione erreichten, denn die Gardesana
war mit Reisebussen vollgestopft und Lynn
wollte keinerlei Risiko eingehen.

Massimo führte einen halben Freudentanz auf,
als sie kurz vor der Schließzeit noch in sein
Lokal schneiten, weil ihnen der Magen knurrte.
„Endlich ist Signorina Lynn wieder da! Wir
haben Sie vermisst."

Lynn lachte: „Und nun kriegen Sie mich nicht
wieder los."

Massimo schaute Nick groß an. „Sie bleibt
jetzt schon wirklich für immer hier?"

„So ist unser Plan."

„Rosanna! Mach den Champagner auf! Es gibt
etwas zu feiern!"

Lynn wechselte einen kurzen Blick mit Nick,
dann begannen beide schallend zu lachen. Massimo hüpfte vor Freude aber auch wirklich fast,
wie Rumpelstilzchen um sein Feuer. Rosanna
erschien im nächsten Moment am Tisch und fiel
Lynn vor Freude einfach um den Hals. „Gleich,

gleich Champagner!", rief sie davoneilend, während Massimo die Tür abschloss, nachdem er die letzten Gäste verabschiedet hatte.

„So, nun ist privat! Gleich kommt Essen!", freute er sich.

Rosanna brachte Vorsuppe und Champagner zusammen auf einem Tablett herein. „Erst aufessen, dann Glas!", mahnte sie und die beiden Gäste gehorchten schmunzelnd. Die Wirtin hatte recht.

Lynn betrachtete die Flasche. „Täusche ich mich oder ist das wirklich fast das Teuerste, was der Markt zu bieten hat?"

„Du irrst dich nicht", bestätigte Nick. „Ihnen liegt wirklich so viel an dir, dass das Teuerste für diesen Augenblick wohl gerade gut genug ist."

„Wenn ich die Wohnung eingeräumt habe, laden wir die beiden ein und dann zaubere ich deutsches Essen", schlug Lynn vor.

„Gute Idee!", freute sich Nick. „Sie leben doch nur für ihr Lokal. Einen Abend werden wir sie ganz sicher loseisen können, und wenn es zu den Weihnachtsfeiertagen ist."

„Dann gibt es Ente mit Grünen Klößen!", rief Lynn und schnalzte mit der Zunge.

„Oh. Ente. Ich freue mich auf Weihnachten."

Lynn sah ihn an und beide lachten vergnügt.

Massimo brachte das Hauptgericht für vier Personen, denn nun begann der wirklich gemütliche Teil. Kopfschüttelnd füllte er die Gläser mit dem duftenden Rebentropfen. „Rosanna, Rosanna!"

Lynn streichelte seine Hand. „Nicht schimpfen. Es war gut, dass wir zuerst die Suppe gegessen haben."

Als endlich auch Rosanna am Tisch saß, stießen sie alle miteinander auf Lynns Ankunft an.

„Auf schöne Zeit, auf Erfolg und große Liebe!", sagte Massimo im Brustton der Überzeugung.

„Genau so möge es kommen!", erwiderte Lynn lächelnd. Dann erzählte sie während des Essens, wie die Fahrt hierher verlaufen war. Nick übersetzte.

Es ging auf Mitternacht zu, als Nick Lynn mit zu sich in die Wohnung nahm, damit sie nicht im Schlafsack auf dem Fußboden nächtigen musste, wie sie es eigentlich vorgehabt hatte. Sie war inzwischen völlig übermüdet und fiel nach dem Duschen wie ein Stein ins Bett. Nick hauchte ihr einen Gutenachtkuss auf die Wange, deckte sie sorgfältig zu und bewachte ihren Schlaf, denn diesmal konnte er keine wirkliche Ruhe finden.

Was werde sie wohl zu ihrer neuen Wohnung sagen? Vorsichtshalber stellte er sich den Wecker, weil ja auch Lynns Kofferraum noch ausgeräumt werden musste, bevor der LKW eintraf.

Überraschung in Padua

Der Weckton ließ Lynn blinzelnd die Augen öffnen. „Guten Morgen, mein Schatz", hörte sie Nick sagen und bekam einen Kuss, um wirklich wach zu werden. „Gemütliches Frühstück, damit wir uns gestärkt in die Arbeit stürzen können?"

„Oh ja, bitte. Ich könnte einen Espresso gebrauchen", erwiderte Lynn, sich regelrecht aus dem Bett quälend.

Nick erschrak. „Alles okay?"

„Doch, doch. Es war gestern nur ein sehr anstrengender Tag, der irgendwie seine Spuren nicht ganz verwischen konnte. Aber keine Sorge, ich bin in wenigen Augenblicken topfit." Sie verschwand im Bad und ließ ein paar Minuten sehr warmes Wasser über ihre Lendenwirbelsäule laufen.

Nick machte sich trotzdem Gedanken. Notfalls werde er ihr heute gewaltsam Ruhephasen verordnen, damit sie weder körperlich noch mental zusammenbrach.

Das heiße Duschen schien geholfen zu haben, denn Lynn wirkte fit, wie ein Turnschuh. „Das ist super!", rief sie beim Anblick einer Packung Müsli.

„Milch mit eins Komma fünf Prozent Fettgehalt steht im Kühlschrank", erklärte Nick, den Espresso in die Tassen füllend.

„Extra wegen mir?!"

„Warum sonst? Ich mach mir nicht viel aus Milch", schmunzelte er. „Und davon, welche am besten schmeckt, hab ich gleich gar keine Ahnung. Ich habe sie so in deinem Kühlschrank gesehen und da muss das eben so sein, habe ich mir gedacht. Nur dein Lieblingsmüsli gibt es hier nirgends. Ich habe sogar im Internet danach gesucht."

„Ach herrje!" Lynn schaute ihn erschreckt an. „Ich werde bestimmt nicht sterben, wenn ich mich auf eine neue Sorte umgewöhnen muss. Nackte Haferflocken tun es am Ende auch."

„Bissfest oder?"

„Ja, denn die anderen werden matschig." Sie nippte vom Espresso. „Damit kann man auch herrliche Makronen backen."

„Darf ich helfen?"

„Gerne doch!" Lynn räumte das Geschirr in den Spüler. „Ich melde mich, falls ich heute Hilfe brauche. Ich würde mir nur gern die Sackkarre ausborgen, die hinter der Treppe steht, um meinen Kofferraum schnell leer zu räumen."

„Willst du nicht lieber das Auto direkt vor die Tür fahren?"

„Nicht wegen der paar Kisten", winkte Lynn ab. „Ich gehe drei Mal, das dauert auch nicht länger, als im Schneckentempo durch Touristenmassen zu kriechen."

„Überzeugt. Hier hast du erst mal alle Schlüssel. Jetzt gehen wir runter, damit du deine

Wohnung endlich richtig zu sehen bekommst. Ich will ja schließlich auch wissen, ob alles okay ist."

„Stimmt. Darauf hast du ein Recht", murmelte Lynn kleinlaut, ihm in die untere Etage folgend.

Nick ließ Lynn an der Wohnungstür allerdings den Vortritt, um die Reaktionen genießen zu können. Die uralte Tür war restauriert worden, hatte aber ein verstecktes Fingerprintfeld. Es summte kurz, dann konnte Lynn die alte schmiedeeiserne Klinke ganz leicht herunterdrücken. Sie war darauf gefasst gewesen, sofort mitten in ihrem Wohn- und Arbeitszimmer zu stehen. Stattdessen fiel der Blick auf eine zimmerhohe Blumenvitrine, in der ein verzweigter dicker Baumstamm stand, auf welchem ihre vielen Orchideen direkt ausgepflanzt waren. Mehrere LED-Spots beleuchteten die wundervollen Blüten. Lynn blieb stehen, wie vor eine Wand gelaufen und glaubte, zu träumen. „Das ... das ... das ist einfach traumhaft schön!", hauchte sie verzückt, worauf sich Nick überaus zufrieden die Hände rieb. Am Ende der Wand war eine kleine Flurgarderobe mit Schuhregal so neben einen großen Schrank gebaut worden, dass man sie aus dem Zimmer selber kaum sehen konnte.

Dann erst stand man mitten im noch leeren Raum, wenn man von den vielen Kartons absah. Die Anschlüsse für Strom, Internet und Telefon zeigten, wo Nick den Schreib-und-Arbeitstisch angedacht hatte – nämlich genau vor einem der

Fenster. Die wiederum waren auch original erhalten worden und sogar die geschmiedeten Vorhangstangen darüber, wie Lynn verzückt feststellte.

Sie fiel Nick um den Hals. „Das ist alles so wunderwunderschön!"

„Komm weiter!", lockte er, sie in die Küche führend, wo auch die Nasszelle installiert war, die man von der Tür aus gar nicht sehen konnte, weil sie sich dezent hinter einem großen Regal versteckte. Zur Toilette ging es genau gegenüber, durch eine Tür, die optisch einer Schranktür glich.

„Das ist ja der Wahnsinn!" Lynn schüttelte staunend den Kopf. „Ein Paradies auf engstem Raum, das keine Wünsche offenlässt!"

„Du meinst, dann habe ich alles richtig gemacht?"

„Aber ja! Ich hätte es aus eigenen Mitteln nie geschafft, solch ein Wunder zu erwecken", gab Lynn gern zu.

„Nur das Schlafzimmer ist ein Raum ohne Schnickschnack", erklärte Nick, die Tür öffnend.

„Wenn man von den Spots in Decke und Wänden absieht", schmunzelte Lynn. „Ich freue mich riesig auf den Augenblick, wo alles fertig eingeräumt ist."

„Hab ich einen Wunsch frei?", fragte Nick.

„Oh ja, einen ganz dicken!"

„Ich möchte die erste Nacht mit dir hier verbringen", seufzte er.

„Nichts lieber als das!", freute sich Lynn. „Auf in den Kampf mit Kisten und Kartons, damit die Nacht richtig romantisch werden kann!" Sie küsste Nick auf die Nasenspitze.

Im nächsten Moment war sie schon mit der Sackkarre zur Tiefgarage unterwegs, um die ersten fünf Kartons zu holen. Nick arbeitete inzwischen an einem Kundenauftrag und wartete auf den Anruf, dass der LKW die Landzunge erreicht habe. Als er nach einer Stunde das erste Mal nach Lynn schaute, stellte sie gerade die Sackkarre hinter die Treppe zurück. „Lust auf einen Kaffee?", fragte sie bei Nicks Anblick und setzte, ohne die Antwort abzuwarten, die soeben auf der Küchenzeile deponierte Maschine in Gang.

Während das Wasser durch das dunkle Pulver lief, kamen die beiden großen Pötte, die Nick auch schon schätzen gelernt hatte, aus der Kiste zum Vorschein, nebst Löffeln, Zucker und Trockensahne. Nick holte zwei ultraleichte Klappstühle aus seinem Survival-Fundus, dann saßen sie am Fenster, genossen den Kaffee und beobachteten das bunte Treiben auf der schmalen Straße.

„Kannst mich teeren und federn, aber ich fühle mich jetzt schon wohl hier", blinzelte Lynn.

„Ich habe es inständig gehofft", erwiderte Nick lächelnd und schaute auf das Handy, das ein leises Summen von sich gab. „Ah, hervorragend! Der Lastwagen ist bald da. Er macht gerade eine Kaffee- und Toilettenpause in Riva. Ich denke, in zwei Stunden wird er spätestens hier eintreffen. Und da kommen auch schon unsere Helfer", fügte er hinzu, als es an der Haustür klingelte.

Nach einer herzlichen Begrüßung erklärte Nick den drei Männern, welche Möbel, wohin zu stellen seien. Schließlich wandte er sich an Lynn. „Ich muss dir noch etwas beichten. Der LKW darf nicht in die Altstadt fahren. Wenn die drei auf den Platz vor dem Tor laufen, hole ich Massimos Ape, mit der wir alles hierher bringen werden."

Lynn hob die Hände. „Hätte mich auch gewundert, wenn alles glattgegangen wäre. Zumal das riesige Fahrzeug gar nicht in die schmale Straße gepasst hätte. Ich war schon neugierig, wie das gehen soll."

Zwei Stunden nach Ankunft des Lastwagens fuhr Nick die letzte Tour und brachte den geliehenen Dreiradtransporter sofort zu seinem Besitzer zurück. Unterdes nahmen die Schlafzimmermöbel Gestalt an. In der Küche räumte Lynn schon die Schränke ein und setzte eine große Kanne Kaffee an. Als der Duft des Getränks durch die Räume zog, tauchten die vier Männer auf und schauten erwartungsvoll.

„Geht gleich los", versprach Lynn. „Irgendwo muss auch noch Gebäck versteckt sein." Das fand sie schließlich unversehrt in ihrer großen Geflügelpfanne. Für den kleinen Hunger genau das Richtige. Das Mittagessen für alle hatte Nick bei Massimo bestellt. Bis dahin halfen die Männer beim Zusammenlegen der Pappkisten, die einer von ihnen gleich mit entsorgen wollte. Bücher und Ordner wanderten also auch erst einmal wild durcheinander in Schränke und Regale, um möglichst viele Kisten loszuwerden.

Rosanna brachte eine kräftige Vorsuppe und anschließend ordentliche Möbelpackerportionen, wie es Lynn lachend nannte. Aber es hatten auch alle den richtigen Hunger, um die Teller blitzblank zu leeren. Sogar sie schaffte es.

Nach dem Essen räumte Lynn allein weiter, denn alle schweren Dinge hatten ihren Platz gefunden. Nick musste seinen Kundenauftrag fertigstellen und so verabredeten sie sich zum Kaffeetrinken in ihrer Wohnung.

Lynn ließ es langsam angehen. Sie hatte alle Zeit dieser Welt, um eine endgültige Ordnung zu schaffen. Jetzt, wo der Verkaufsraum gleich mit im Haus war und sie zudem nicht selbst hinter dem Ladentisch stehen musste, konnte sie sich auch die kreativen Arbeiten ganz anders einteilen. Also ging sie erst einmal zu Adriana hinüber, um wenigstens Hallo zu sagen, und gleich noch ein paar fertig ausgepreiste Arbeiten zu übergeben.

Adriana atmete auf, nun im Notfall Lynn direkt um Rat fragen und sie gleich für Auftragsannahmen hinzurufen zu können, wenn es um Wunschgrößen oder -farben ging. Lynn freute sich riesig, dass in den wenigen Minuten, wo sie im Geschäft weilte, einer ihrer Schlüsselanhänger über den Ladentisch ging. Sie blinzelte Adriana fröhlich zu, um sofort wieder in ihr neues Domizil zu eilen, wo das Schlafzimmer darauf wartete, bis zum Abend endgültig fertig zu sein.

Wobei das relativ zu werten war. Lynn musste sich erst noch neue Gardinen kaufen, weil hier ja wirklich alles dem Mittelalter angelehnt war, wie die geschmiedeten Stangen in wundervollen Haltern über den Fenstern zeigten. Nick hatte Lamellenrollos anbringen lassen, die, hochgezogen, kaum zu sehen waren. Als sie die beiden kleinen Fenster öffnete, bemerkte sie endlich auch, was mit ihren Würzkräutern geschehen war. Die standen auf einem Sims fein säuberlich in zwei fest verankerte Blumenkästen sortiert und freuten sich, dass auf dieser Seite des Hauses die Sonne nicht den ganzen Tag mit voller Kraft schien. Lynn brachte ihnen Wasser in der Kaffeekanne, weil sie die Gießkanne noch nicht wiederentdeckt hatte. Vor dem Küchen-fenster fand sie einen dritten Kasten, in wel-chem dann auch Basilikum und Pfefferminze steckten, weil sie die beiden Kräuter fast täglich verwendete.

Neugierig geworden, suchte sie die alten Kästen, welche sie damals beim Entrümpeln gefunden hatte. Die hingen frisch aufgearbeitet, mit Erde gefüllt, aber unbepflanzt, auf der Sonnenseite, also vor den Wohnzimmerfenstern. Nick wollte die Entscheidung über den Inhalt offenbar ihr überlassen, weil sie diese Gewächse ja den ganzen Tag buchstäblich vor der Nase hatte.

Das bestätigte er auch, als er wenig später zum Kaffeekränzchen erschien. „Alles wiedergefunden?", fragte er schmunzelnd.

„Alles, bis auf die kleine Edelstahlgießkanne. Die ist, wie vom Erdboden verschluckt."

„Komisch. Ich bilde mir ein, dass ich sie heute sogar schon gesehen habe ..." Nick schloss die Augen, um gespeicherte Bilder des Tages abrufen zu können. „Ich weiß jetzt auch wo! Bei Rosanna! Sie hatte sie versehentlich mit zu sich genommen, als ich sie letztens dabei gestört habe, deine Orchideen zu gießen. Und dann hab ich es vergessen, sie heute mitzunehmen. Sie hatte sie extra schon auf die Ecke hinterm Tisch gestellt."

„Ach, und ich dachte erstaunt: Sieht genau wie meine Kanne aus", schmunzelte Lynn. Sie kuschelte sich mit ihrem Kaffeepott in der Hand an Nicks Schulter.

Er legte den Arm um ihre Taille, rieb seine Wange an ihrer, hob seine XXL-Tasse und erklärte: „Auf das Format bin ich auch schon umgestiegen. Ich habe allerdings auch schon im Eifer des Gefechts den Pinsel darin auswaschen wollen, weil ich die Gefäße verwechselt habe", lachte er.

Lynn kicherte fröhlich: „Du bist nicht der Einzige!"

Sein Blick schweifte über den Arbeitstisch, wo einige Sortierkästen und diverse Feinmechanikerwerkzeuge lagen.

„Ich werde ein paar Schmucksets fertigen", gab Lynn bekannt.

Nick hatte es völlig verdrängt, dass sie auch sehr filigrane Ketten, Ohrringe und Armbänder im Repertoire hatte. Aber er wusste sofort, dass man diese farblich auf seine Bilder abgestimmt, hervorragend in Szene setzen konnte. „Was hältst du davon, wenn wir morgen nach Padua fahren, Gardinenstoff kaufen, nach Bastel- und Wollläden Ausschau halten und uns ganz nebenbei ein paar Sehenswürdigkeiten anschauen?"

„Sehr viel", freute sich Lynn. „Wie lange ist man nach Padua unterwegs?"

„Anderthalb Stunden, etwa", überschlug Nick. „Es wird demzufolge ein Tagesausflug." Bevor Lynn antworten konnte, sagte er: „Ja, ich weiß. Du hast keinen Urlaub und musst von irgendwas leben."

„Also doch angeboren!", platzte sie lachend heraus.

„Nein. Aber dein Seelenzwilling", grinste Nick vergnügt. „Deshalb weiß ich auch, dass wir Spaß haben werden."

„Warum eigentlich Padua?"

„Weil ich da geboren bin und mich recht gut auskenne."

„Okay, das lasse ich gelten." Lynn ließ die Tasse in der Hand kreisen um mit dem Rest des Kaffees den Zucker vom Boden aufzuwirbeln, ehe sie ihn trank. „Wenn aber am Ende meines Geldes noch ganz viel Monat übrig ist, werde ich bettelnd vor deiner Tür stehen, um nicht zu verhungern."

„Ich glaube, ich mache sogar auf", lachte Nick, ihr einen Kuss auf die Lippen hauchend. „Ich freue mich ganz sehr auf heute Abend."

„Ich mich auch", erwiderte Lynn blinzelnd.

„Nicht, dass du auf die verrückte Idee kommst, Wein oder Sekt kaufen zu gehen. Du weißt, wo hier im Haus so was zu finden ist. Soll heißen, ich bringe was Leckeres mit." Nick stieg die Treppe hinauf, weil auch er keinen Urlaub hatte, wie er ganz nebenbei erwähnte.

„Bademantel genügt!", rief Lynn noch hinterher, was mit einem herzlichen Lachen beantwortet wurde, ehe oben die Tür ins Schloss fiel.

Breit grinsend werkelte sie am offenen Fenster an einer Kette weiter. Hin und wieder schaute jemand im Vorbeigehen zu. Wenn es Nachbarn waren, wurde auch ein kurzer Gruß hin und her gerufen, oder ein bisschen länger zugeschaut, denn es hatte sich herumgesprochen, dass Feretti seine handwerklich arbeitende Geschäftspartnerin als Untermieterin aufgenommen hatte.

Mit Einbruch des Abends beendete Lynn die Arbeit, schloss Fenster und Rollos. Dann stellte sie sich unter die hypermoderne Dusche. Als es an der Tür klingelte, warf sie sich eilig den Bademantel über. „Ich komme schon!"

Nick war tatsächlich, wie erhofft, im gleichen Look erschienen, nur dass er noch eine Flasche Sekt in der Hand hielt. Lynn gestand kleinlaut, dass sie unter der Dusche vor lauter Funktionstests die Zeit verpasst hatte.

„Uns treibt doch keiner", tröstete Nick, ihr dabei helfend, alles für das Abendbrot bereitzustellen. Ihre Nähe tat ihm gut. Seit sie da war, liefen Pinsel und Stifte fast von allein über Leinwand und Papier. Auch der Blick für die schönen Winzigkeiten klarte endlich wieder auf und so waren heute die Planungen für zwei neue großformatige Werke entstanden.

Während Lynn das Geschirr in den Spüler räumte, öffnete Nick die Flasche, schenkte ein und dimmte das Licht. Sie stießen auf das Leben an, das jeden Tag neue Überraschungen bereit hielt.

„Ich bin glücklich, bei dir zu sein", flüsterte Lynn, sich an seine Brust schmiegend, wodurch sich beide Bademäntel schon selbstständig zu machen begannen.

Nick zog sie rittlings auf seinen Schoß, ließ seine Hände über ihre Haut gleiten und küsste ihre Brüste. Der zarte blumige Duft ihres Duschgels war noch nicht ganz verflogen. Ein kleiner Positionswechsel, dann seufzte Lynn auch schon tief auf. Nick lächelte mit geschlossenen Augen. Mit Vorspiel hatte sie heute nichts im Sinn. Sie wollte alles und sofort.

„Da ist mehr Zeit für das Zwischenspiel", flüsterte sie, als habe sie seine Gedanken gelesen.

Und prompt kam: „Du kleines unersättliches Geschöpfchen!" Er hob sie hoch und trug sie ins Bett. Im Vorbeigehen schnappte sie die Sektflasche und wieder einmal baute sich durch das plötzliche Schaukeln hoher Druck auf, der beim Öffnen den Korken davon schnellen und eine Fontäne über ihren Körper rinnen ließ. Nick stellte die Flasche auf den Fußboden, um das perlende Nass von Lynns Haut zu lecken.

„Keine Ahnung, wohin der Korken verschwunden ist", schmunzelte er.

Lynn räkelte sich wohlig. „Mir ist im Augenblick viel wichtiger, dass dein Korken immer meine Öffnung wiederfindet."

„Oha, dann hätte ich wohl, statt Sekt, lieber meinen magischen Powerring mitbringen sollen", seufzte Nick gespielt theatralisch.

„Morgen ist noch eine Nacht und übermorgen, und überübermorgen und überüberübermorgen auch", erwiderte Lynn. „Da können wir uns den vielen Spaß in gut dosierte Häppchen einteilen."

„Das aus deinem Mund? Ich fasse es nicht", kicherte Nick.

Lynn lachte. „Ich hätte ja auch ganz einfach sagen können: Ich bin heute sehr, sehr müde. Aber das würde meinen mühsam erworbenen Ruf als Nimmersatt ruinieren." Sie unterdrückte ein Gähnen.

„Ich suche noch schnell den Korken, bringe die Flasche in den Kühlschrank und dann kuscheln wir uns zum Schlafen zusammen" erklärte Nick, den Worten Taten folgen lassend. Der Korken lag direkt unterm Fenster und stach ihm regelrecht ins Auge, als er das große Licht anschaltete. So war er in wenigen Sekunden wieder im Bett, um Lynn in die Arme zu nehmen, die am liebsten in Löffelstellung schlief, um sich gut bewacht zu fühlen.

Kaum lag Nick neben ihr, schmiegte sie sich eng an ihn. Er deckte sie sorgsam zu, flüsterte zärtlich: „Gute Nacht, mein liebster Schatz", und war wohl auch im gleichen Augenblick eingeschlafen.

Als Lynn am Morgen munter wurde, fühlte sie Nicks Hand zwischen ihren Schenkeln liegen und sofort erwachte auch der Gedanke, dass man da doch mehr daraus machen konnte. Also bewegte sie sich vorsichtig, aber ziemlich eindeutig, und schon kam Leben in Nicks Finger und einen Augenblick später in den ganzen

Mann, auf das der Morgen beginne wie der Abend geendet hatte.

„Ach es ist schön, wenn der Tag so anfängt", sagten sie völlig synchron und fingen an zu lachen, weil auch das die gemeinsame Zeit so besonders machte.

„Einzeln duschen!", forderte Nick. „Sonst falle ich gleich wieder über dich her."

Lynn verschwand mit einem so koketten Hüftschwung aus dem Schlafzimmer, dass er seine Forderung fast schon bereute. Aber wie hatte sie gesagt? Morgen, übermorgen, über-übermorgen ...

Als sie schließlich auch im Bademantel am Frühstückstisch erschien, witzelte sie, auf sich zeigend: „Aus Solidarität."

„Da bin ich auch wirklich dankbar. Ich hätte mich in der Tat etwas nackt gefühlt, wenn du voll bekleidet gewesen wärst", gab Nick zu. Er hob schnuppernd die Nase.

„Einen kleinen Moment noch, dann sind die Brötchen knusprig", erklärte Lynn. „Ich habe sogar ein Glas Aprikosengelee, fällt mir gerade ein." Sie brachte es mit, als sie mit dem Brötchenkorb erschien.

Während des Essens erklärte Lynn, wie sie sich die neuen Vorhänge dachte – eher schmückend als funktional. Sie werde ja doch immer die Rollos benutzen, weil es ihr im Erdgeschoss ganz einfach sinnvoller erschien. Für die Scheiben wollte sie sich vielleicht Filetgarn kaufen und Spanngardinen häkeln, damit tagsüber nicht jeder sofort hereinschauen konnte. „Es sei denn, ich bekäme cremefarbene Baumwollgardinen, die zum mittelalterlichen Flair passen", schränkte sie ein.

„Du musst dich ja auch nicht sofort entscheiden", meinte Nick. „Vielleicht findest du woanders etwas, das noch besser aussehen würde. Ansonsten ist Padua nicht auf einem anderen Stern und somit gut zu erreichen."

Eine Stunde später holte er sie schließlich zum Ausflug in seine Geburtsstadt ab, wie er noch einmal ausdrücklich betonte. Der Wetterbericht hatte Sonne pur gemeldet und so war es kein Wunder, dass sie nicht einmal im Schritttempo durch die Altstadt kamen.

Lynn schmunzelte vor sich hin. „Genau so habe ich mich immer in irgendwelche Ecken gequetscht, wenn Autos auftauchten, oder bin schnellen Schrittes zwischen Häusern verschwunden. Ich hätte nie gedacht, dass ich das jemals von der anderen Seite aus betrachten würde."

Er nickte versonnen. Es war eigentlich noch gar nicht so lange her, als ihm die hübsche Fremde mit dem Schlumpfeis aufgefallen war. Das leuchtende Blau der Leckerei hatte sich so deutlich von allem anderen abgehoben, dass er mehrmals hinschauen musste. Besonders als er hinter dem riesengroßen Eis ein wirklich hübsches Gesicht erkannte, das sich anzuschauen

48

lohnte und ihn träumen ließ. Und jetzt saß das Objekt seiner Begierde neben ihm und fühlte wie er. Sie erwiderte sein Lächeln und sagte mit ihm erneut völlig synchron: „Du siehst glücklich aus."

„Heute kann nur ein ganz wundervoller Tag werden!", lachte Nick und schlich mit dem BMW in der Kolonne weiter zum Ortsausgang und endlich auf die Autobahn. „Wir Altstädter sind ein gemütliches Völkchen. Hektiker würden wohl schon nach ein paar Tagen einen Herzinfarkt bekommen, müssten sie sich ständig durch die Menschenmassen quetschen."

„Das glaube ich gern!" Lynn hatte die Ruhe der Einheimischen vom ersten Augenblick an gemocht, die aber auch recht temperamentvoll werden konnten, womit sie das italienische Klischee schließlich doch noch in allen Punkten bedienten.

„Lebt dein Vater in Padua?", fragte Lynn, als sie den Ortsnamen auf den Streckentafeln las.

„Ja. Vielleicht finden wir ein paar Minuten, um ihn zu besuchen. Hab ihn schon lange nicht mehr gesehen. Seit Medea aufgetaucht war, hatte er sich rar gemacht. Er hat sie von Anfang an als Fremdkörper betrachtet und einmal sogar in meinem Beisein als Parasit bezeichnet. Deshalb war er glücklich gewesen, als ich ihm den Schmuck meiner Mutter zu treuen Händen überließ. Er hätte es mir nie verziehen, wäre diese Person in den Besitz gekommen."

Dann wechselte Nick das Thema, indem er Lynn wieder einige geschichtliche Details zum Zielort erklärte. Er erzählte natürlich auch von den hübschen Cafés und den Bogengängen, in denen er sich als Student oft aufgehalten hatte. „Ich hatte unheimliches Glück, weil ich hier studieren und bei meinen Eltern leben konnte. Mir hat es also an nichts gemangelt."

Sie stellten das Auto in einem Parkhaus unter und begannen zu Fuß, die Stadt zu erkunden. Ein Stoffgeschäft fanden sie recht schnell und hier verliebte sich Lynn auf den ersten Blick in einen erdbeerroten Satin, der fast wie ein Holzbrett gemasert war, nur eben in Rot. Sie kaufte zehn Meter, die sie längs in der Mitte aufschneiden wollte, um die richtige Breite zu haben. Es würden also genug übrig bleiben, um Kissenhüllen und eventuell eine Tischdecke daraus zu kreieren. Zusammen mit zehn Röllchen vom passenden Nähgarn wanderte alles in den Einkaufsbeutel. Für Schlafzimmer und Küche fand sie hier nichts, was ihr wirklich gefallen hätte.

„Auf, zum nächsten Geschäft", ermunterte Nick sie. „Oh, schau mal! Da drüben gibt es Garn!"

„Nichts wie hin!" Lynn zog ihn scherzhaft an der Hand mit sich. Da stand sie dann mit großen Augen, weil es eine Auswahl gab, bei der sie am liebsten den ganzen Laden mitgenommen hätte. Zehn Knäule hell cremefarbenes Häkelgarn für die zukünftigen Gardinen mussten mit, eine Docke Denim jeansfarbenes Baumwollgarn, weil sie an Herzdrücken gestorben wäre, wenn sie es nicht gekauft hätte, und zwei Packungen feuerrotes Garn, um neue Schlüsselherzchen zu fertigen.

Nick grinste vergnügt, als er ihr verzücktes Gesicht sah, als alles in den Beutel wanderte. „Wir bringen das erst mal ins Auto, dann suchen wir woanders weiter", legte er kurzerhand fest.

Auf dem Weg nach *woanders* kamen sie am Prato della Valle vorbei, den man gesehen haben musste, wenn man Padua besucht hatte. Auf der Brücke blieben sie stehen, um den oval angelegten Wassergraben entlang zu schauen, der von Statuen gesäumt wurde. Lynn hatte beide Hände auf das steinerne Geländer gelegt und blinzelte in die Sonne. Immer wieder kamen Spaziergänger vorbei, die wie sie das schöne Wetter genossen.

„Buongiorno Lynn, buongiorno Nick. Buongiorno, miei cari", sagte plötzlich eine Stimme hinter ihnen. Guten Morgen, meine Lieben.

Beide kreiselten erstaunt herum. Lynn schaute den Fremden überrascht an, während ihn Nick freudig umarmte. „Buongiorno papà!"

Dass beide verwandt sein mussten, hatte Lynn auf den ersten Blick erkannt. Sie sahen sich unglaublich ähnlich, nur dass Nicks Vater vereinzelte graue Haare hatte.

„Ich habe Sie am Ring erkannt", verriet er fröhlich lächelnd, Lynn nun auf Englisch ansprechend.

„Habt ihr ein Stündchen Zeit? Wir könnten uns in ein Restaurant setzen und ein bisschen reden", fragte er.

„Gerne!", sagten beide zugleich, worüber sich Nicks Vater herzlich amüsierte.

„Massimo hat wohl recht, wenn er meint, ihr beide würdet zusammengehören wie zwei alte Schuhe", schmunzelte er.

„Du warst bei Massimo?", staunte Nick. „Wann?" Sie nahmen Plätze an einem schattigen Tisch im Biergarten ein.

„Ist schon ein paar Tage her", begann Herr Tozzi zu erzählen. „Ich wollte dich überraschen und bin einfach losgefahren. Weil an der Wohnung keiner auf mein Klingeln reagierte, bin ich zum Laden gelaufen, wo mir deine Verkäuferin sagte, du seist gerade in Deutschland. Also bin ich zu Massimo getigert, den ich ja auch schon eine halbe Ewigkeit nicht gesehen hatte. Der steckte mir dann erst mal einen ganzen Kronenleuchter voller Lichter auf." Dabei schenkte Herr Tozzi Lynn ein frohes Lächeln. „Als ich den Ring gesehen habe, musste ich nur noch eins und eins zusammenzählen. Jedenfalls weiß ich jetzt, bei wem ich mich bedanken kann, dass Nick bei bester Gesundheit ist." Er nahm Lynns Hand, um sie ganz herzlich zu drücken. „Wenn Sie bei irgendwas Hilfe brauchen, erzählen Sie es mir. Ich komme sofort, egal, ob Tag oder Nacht!"

„Danke!", sagte Lynn völlig verlegen. „Ich hoffe inständig, dass wir alle noch auftauchenden Klippen ohne Hilfe umschiffen können."

„Das hoffe ich natürlich auch", schmunzelte Herr Tozzi.

Als Lynn für ein paar Augenblicke den Tisch verließ, legte er Nick die Hand auf den Arm. „Halt sie gut fest, ohne sie zu erdrücken. So eine wirst du nicht ein zweites Mal finden."

Nick seufzte schwer. „Du weißt ja, was vorher noch geschehen muss."

„Ach, da setze ich vollstes Vertrauen in De Luca", machte ihm sein Vater Mut. „Ich muss dann langsam auch wieder los. Jetzt glaube ich ja, dass es euch wirklich gut geht."

Als Lynn zurückkam, erhob sich Herr Tozzi. „Nick weiß, wo ich wohne. Ihr seid jederzeit willkommen. Passt gut auf euch auf! Auf baldiges Wiedersehen, ihr beiden!"

„Er ist sehr nett", sagte Lynn versonnen, als Nicks Vater zwischen den Touristen verschwand.

„Das hat er über dich auch herausgefunden", schmunzelte Nick. „Ich bin froh, dass ihr beide euch völlig ungezwungen kennenlernen konntet. Manche Zufälle bringen die besten Szenarien. Nur mit Massimo muss ich ein ernstes Wörtchen reden."

„Wirklich?" Lynn nagte auf ihrer Unterlippe.

„Ach, Quatsch!", lachte Nick. „Der gehört doch praktisch fast zur Familie. Und ich bin glücklich, dass dich mein Vater soeben auch mit offenen Armen willkommen geheißen hat. Er ist sonst eher der sehr zurückhaltende Typ, der lange beobachtet."

„Wer weiß, welche Arien ihm Massimo gesungen hat", kicherte Lynn. „Wir sollten ihn wohl doch hochnotpeinlich befragen."

Nick fiel in das fröhliche Lachen ein.

„Einen Versuch starte ich noch, um den fehlenden Stoff zu bekommen", seufzte Lynn. „Wenn alles Stränge reißen, bestelle ich mir welchen im Internet, obwohl ich ihn lieber anfassen würde, bevor ich ihn kaufe."

„Oder wir fahren demnächst noch mal mit dem Boot nach Garda", schlug Nick vor. „Das Wetter soll ja ein paar Tage so gut bleiben."

„Bootfahren klingt gut", rief Lynn begeistert. „Du weißt ja, wie gern ich auf dem Wasser bin."

„Eben drum. Selbst wenn du Stoff findest, können wir am Mittwoch hoch fahren und den Wochenmarkt besuchen."

„Super! Ich freue mich in jedem Fall."

Eine halbe Stunde später war Lynn dann rundum zufrieden. Sie hatte für die Küche Stoff mit kleinen Karos in Blautönen, türkis, und grün erwischt, für das Schlafzimmer ein Pfeffer-und-Salz-Muster auf beigem Untergrund, das hervorragend zur Holzbalkendecke, den hellen Möbeln und dem Garn für die Scheibengardinen passte.

Sie hielten unterwegs noch bei einem Discounter, wo sich Lynn mit Lebensmitteln und Getränken eindeckte.

„Abendbrot bei Massimo?", fragte Nick.

„Wird das nicht langsam zu teuer, wenn du mich ständig ausführst?", kam zaghaft die Gegenfrage.

„Wenn es so wäre, hätte ich mich schon bemerkbar gemacht", wiegelte er ab. „Du machst dir kein Bild, was Medea losgelassen hat. Bei dem, was sie als normal forderte, würdest du schamrot in den Boden sinken."

„Hast du wenigstens schon gute Nachrichten diesbezüglich bekommen?", fragte Lynn hoffnungsvoll.

„Sagen wir so: Es geht recht gut voran, obwohl sie noch immer wie vom Erdboden verschluckt ist. De Luca hat einige Zeugen aufgetrieben, die für mich sprechen werden, ganz abgesehen vom Film- und Tonmaterial, was wir zusammengestellt haben."

„Dass sie so komplett von der Bildfläche verschwunden ist, macht mir Angst", murmelte Lynn.

„Ich gebe ja zu, dass mir auch nicht ganz wohl bei dem Gedanken ist", seufzte Nick.

In Sirmione hielten sie zuerst direkt vorm Haus, um die Einkäufe auszuladen. Während Lynn alles in Kühl- und Vorratsschränke sortierte, brachte Nick den Wagen in die Tiefgarage. Seine Einkaufstüte stand auf der Treppe, weil sich keine leicht verderblichen Waren darin befanden. Er wollte sie nach dem Abendbrot mit nach oben nehmen.

In Massimos Gesicht ging die Sonne auf, als die beiden zur Tür hereinkamen. Er wieselte davon, um die Kerzen auf dem Tisch anzuzünden und die Speisekarte bereitzulegen. „Fantastisch, dass ihr da seid!", strahlte er. „Was habt ihr Schönes gemacht?"

„Wir waren in Padua", erzählte Nick.

Massimo hielt inne. „Und? Habt ihr ihn besucht?", fragte er, ohne einen Namen zu nennen.

Nick schüttelte den Kopf.

Massimo rang die Hände. „Mio dio! Perché no?" Mein Gott! Warum nicht?

„Weil wir ihn unterwegs getroffen haben", lachte Nick und übersetzte das kurze Wortgeplänkel für Lynn ins Englische, die ebenfalls lachen musste, weil Massimo zu komisch aus der Wäsche guckte. Dann erzählte Nick ihm detailliert, wie sich sein Vater bei ihnen bemerkbar gemacht hatte.

„Wirklich?" Massimo schaute zwischen den beiden hin und her, weil er es einfach nicht glauben wollte.

„Genau so war es", bestätigte Lynn, lächelnd.

„Ich wusste, er wird sie mögen!", rief Massimo triumphierend. „Ach, ist das schön!" Dann beeilte er sich, die Getränke zu bringen und in der Küche die Speisen zu ordern. Logisch, dass er Rosanna die gute Neuigkeit gleich zuflüsterte.

Mit den letzten Gästen verließen auch Nick und Lynn das Restaurant, um gemächlich nach Haus zu schlendern.

„Ich muss morgen Mittag rüber nach Limone", verriet Nick. „Hast du Lust mitzufahren?"

„Aber immer!", strahlte Lynn und fügte blinzelnd hinzu: „Diesmal musst du mich ja auch nicht zwischenparken."

Nick grinste vergnügt. „Ich hätte aber Lust, jetzt noch für ein Stündchen bei dir zwischenzuparken."

„Lust und zwischen klingt gut. Nur parken fällt aus. Ich erwarte Action."

„Sklaventreiberin!", echauffierte sich Nick gekünstelt, gleichzeitig den Arm um ihre Taille legend, als sich die Haustür öffnete.

Einen Moment später zog sie ihn schon ins Bett. Schuhe und Kleidung lagen in langer Spur vom Wohnraum bis zum Schlafzimmer verstreut. Das feuerrote Kleid mit den weißen Punkten hatte es wieder geschafft, ihn heiß zu machen, weil sie darunter auch stets die feuerroten Dessous trug, die ihn so erregten.

„Das nennt man Turbo-Sex", raunte Lynn, als Nick jegliches Vorspiel ausfallen ließ und richtig heftig zur Sache kam.

„Ich stehe nun mal total auf dieses Rot, wenn du es trägst", flüsterte er zurück. „Wenn ich dann noch dieses Bild vor Augen habe, wie auf der Türschwelle dein knallroter Spitzenslip im Lichtkegel der Straßenlaterne lasziv auf deinem Pump hängt, hab ich Lust auf sofortige Wiederholung, dich vor geiler Lust stöhnen zu lassen."

„Wie wäre es mit Rodeo?", wisperte Lynn. „Ich will dich reiten, bis du mit jedem Zuchtstier mithalten kannst."

„Das dürfte dir nicht schwerfallen." Nick wälzte sich auf den Rücken, zog sie auf seinen Schoß und genoss den wilden Ritt.

Als sie zu sehr später Stunde die herumliegende Kleidung einsammelten, witzelte Lynn. „Die einen streuen Brotkrumen, um nach Hause zu finden, die anderen Klamotten."

„Morgen Frühstück bei mir!", legte Nick fest. „Soll ich vorsichtshalber meine Wäsche auf der Treppe verteilen, damit du die Tür findest?"

„Es reicht schon, wenn du mit der Zeitung den Kaffeeduft ins Treppenhaus wedelst", lachte Lynn. „Schlaf gut, mein Schatz!"

Die 13. Fee

Am nächsten Morgen lief alles nach Plan. Gemeinsames Frühstück, dann stürzte sich jeder auf seiner Arbeit. Für Lynn bestand sie in erster Linie daraus, die Vorhänge zuzuschneiden, zu nähen und auf den Metallstangen anzubringen. Zumindest die beiden Fenster im Wohnraum wurden so weit fertig, dass nur noch irgendwann die Scheibengardinen gehäkelt werden mussten.

Pünktlich um 12 Uhr fand sich Lynn am Hafen ein. Sie hatte Geldkarte, Ausweis und Handy in der Jackentasche verstaut, weil Nick sowieso immer bezahlte. Ihre kleine Kamera baumelte am Handgelenk. Nick war schon da. Er hatte die Bootsplane bereits zusammengelegt. Aber über irgendetwas schien er zu grübeln, denn er bemerkte Lynn erst, als sie ihn ansprach.

„Gibt es Probleme?", fragte sie.

„Ich weiß nicht. Ich bin sicher, dass ich das Boot anders vertäut hatte. Auch der Reifen, der verhindern soll, dass es an die Mauer schlägt, ist nicht meiner. Dieser hier ist viel größer und vor allem breiter. Es ist aber mein gemieteter Liegeplatz, daran besteht gar kein Zweifel. Ach, was soll es! Es wird sich schon noch aufklären, warum heute alles anders ist." Er reichte Lynn die Hand, um ihr ins Boot zu helfen.

Der Motor summte und Nick steuerte die Fahrrinne an. Die Ampel, die regelte, dass keine Wasserfahrzeuge innerhalb des schmalen Burggrabens kollidierten, sprang auch sofort auf Grün. Ein Schwan schwamm in unmittelbarer Nähe. Lynn beugte sich hinaus, um ihn zu fotografieren. Etwas Längliches, Rotes am Boot, unterhalb der Wasserlinie, weckte ihre Neugier. Weil sie es nicht genau erkennen konnte, hielt sie die Kamera hinaus, in der Hoffnung es auf Bild bannen zu könne.

Nick wurde aufmerksam. „Was machst du denn für wilde Spiele?"

„Da unten ist was", murmelte sie, es erneut probierend.

„Welcher Art?", fragte Nick irritiert.

„Kannst mich für verrückt erklären, aber es sieht aus wie ein Dynamitpäckchen aus einem alten Western. Ich wüsste nicht, wie ich es sonst beschreiben sollte."

Nick stoppte und schaute selber nach. „Oh, mein Gott", hauchte er, sichtlich erbleichend.

Im Bruchteil einer Sekunde sprang er auf, packte Lynn, warf sie auf der anderen Seite ins Wasser, schrie: „Schwimm!", und hechtete ihr hinterher. „Weg hier! Schnell!" Er nahm die völlig geschockte Lynn in den Rettungsgriff, mit aller Kraft Richtung Ufer paddelnd.

Auf halber Strecke gab es einen ohrenbetäubenden Knall, eine Stichflamme, und ihnen flogen Trümmerteile um die Ohren. Zwei Touristenboote wechselten sofort die Richtung, um zum Unglücksort zu eilen. Innerhalb weniger Minuten zog man die beiden aus dem kalten

Wasser, hängte ihnen Decken um und nahm Kurs auf den Hafen.

„Rufen Sie Polizei und Rettungsdienst", bat Nick, der Mühe hatte, die vor Kälte und Schock zitternde Lynn zu beruhigen, die noch immer krampfhaft ihre Pocketkamera umklammert hielt.

Polizei und Rettungswagen kamen fast zur selben Zeit an, wie das Boot. Nick stieg zuerst an Land, dann nahm er Lynn in Empfang, die von zwei Männern gestützt werden musste. Einer der Polizisten fasste sofort mit zu.

Zuerst wurde Lynn im Rettungswagen durchgecheckt und bekam ein Beruhigungsmittel gespritzt, wobei Nick keine Sekunde von ihrer Seite wich, weil er auch übersetzen musste. Ihre Kamera hatte er an sich genommen. Dagegen, in ein Krankenhaus gebracht zu werden, wehrte sich Lynn so vehement, dass Nick versprach, sich um sie zu kümmern und gegebenenfalls seinen Hausarzt zu Rate zu ziehen.

Man fuhr beide mit dem Polizeiwagen nach Hause, damit sie endlich in trockene Kleidung kamen. Und dort sollten dann auch ganz in Ruhe die Befragung durchgeführt und die Anzeige aufgenommen werden. Nick brachte Lynn in ihre Wohnung, damit sie sich umziehen konnte, führte die beiden Beamten nach oben, wechselte ebenfalls rasch die Kleidung und holte Lynn. Inzwischen hatten die Polizisten die Ausweise gesichtet und die relevanten Daten aufgenommen.

Sie wunderten sich auch nicht, dass Herr Tozzi, alias Herr Feretti, seinen Anwalt per Videokonferenz zuschaltete. Und der glaubte, genau wie die Polizisten, seinen Ohren nicht trauen zu können, als er die Geschichte zu hören bekam.

„Ist Frau Wolff verletzt?", fragte Herr De Luca, weil Lynn kaum reagierte.

„Nicht körperlich. Sie steht noch unter Schock und einem starken Beruhigungsmittel", erklärte Nick. „Ihre Wissbegier hat uns jedenfalls wieder mal das Leben gerettet."

Einer der Polizisten hatte von dem verworrenen Fall Feretti gehört und unterrichtete seinen Kollegen flüsternd über die wichtigsten Eckdaten. Nick bekam ein Protokoll ausgehändigt, mit dem er sich nun auch an seine Versicherung wenden konnte, bezüglich des Bootes.

„Sie sprachen von einer Kamera und Aufnahmen", sagte der Anwalt nachdenklich. „In welcher Tiefe wird sie wohl liegen?"

„Etwa fünf Zentimeter unterhalb des Eingriffs meiner Jackentasche", erwiderte Nick. „Frau Wolff hatte ihre Kamera mit der Schlaufe am Handgelenk hängen und hat sie auch nicht losgelassen. Einen Moment, ich hole sie und probiere, ob der Chip freiwillig Auskünfte hergibt."

„Hervorragend", freute sich der Jurist und die Polizisten schauten sich bedeutsam an. Das versprach, noch richtig interessant zu werden.

Nick brachte die nasse Kamera herein, ein Handtuch und einen Föhn. „Mal schauen, ob ich etwas retten kann." Er öffnete das Fach der Speicherkarte. „Erstaunlich. Nur leicht feucht." Er pustete warme Luft auf niedrigster Stufe über die Karte, um sie sofort in den Slot seines Laptops zu schieben. Sie wurde nicht erkannt.

„Keine Panik. Ich versuche es noch Mal", murmelte er, etwas wärmere Luft über den Chip blasend. Beim vierten Anlauf gab der Speicher endlich Daten frei, auch jene, wo Lynn mehrfach versucht hatte, das Ding unter Wasser sichtbar zu machen.

„Einmal bitte zu mir!", rief De Luca, sich die Hände reibend und bekam die sieben Bilder sofort per Mail. „Frau Wolff, Sie sind einsame Spitze!", lobte er Lynn, die endlich wieder lächeln konnte.

Für die Herren von der Polizei brannte Nick die Bilder auf CD. Eine halbe Stunde später kehrte endlich wieder Ruhe ein. Nick rief bei Massimo an, um nachzufragen, ob er ihnen eventuell zwei Mal Essen ins Haus liefern könne. Er ahnte ja nicht, dass sich die Explosion seines Bootes schon in der ganzen Altstadt herumgesprochen hatte.

Massimo sagte sofort zu und stand kurz darauf selber auf der Matte, um für beide ein Festmahl zu bringen. „Was macht ihr nur für Sachen?", sagte er, Nick umarmend und Lynns Hand streichelnd. Auf Nicks erstaunten Blick,

63

weil er ja wirklich keinen Grund genannt hatte, winkte er ab: „Was hast du wohl geglaubt, wie lange es hier dauert, bis solch ein Unglück die Spatzen von den Dächern pfeifen? Und wenn ein Polizeiauto länger als zwei Minuten vor einem Haus steht, dann muss man nur noch eins und eins zusammenzählen, wen das Ungemach getroffen hat. Und vergiss nicht die Bootsführer, die dich ziemlich gut kennen."

„Diesmal hat es die böse Fee mit Sprengstoff versucht", seufzte Nick. „Und wieder hat mein Schutzengel Lynn dafür gesorgt, dass wir gerade noch rechtzeitig aus der Gefahrenzone kamen."

„Sie sind schon dabei, die Trümmer zu bergen", verriet Massimo.

„Ich rühre mich heute keinen Meter mehr aus dem Haus", erwiderte Nick. „Mein Bedarf an Abenteuern ist gedeckt."

Massimo atmete tief durch. „Kann ich mir lebhaft vorstellen. Lasst es euch trotzdem schmecken, ich muss zurück ins Lokal."

Lynn spießte eine schwarze Olive auf die Gabel, betrachtete sie kritisch. „Jetzt weißt du jedenfalls, warum der Fender größer war – damit das Sprengstoffpaket nicht an der Hafenmauer abgerieben wurde. Wer weiß, wie lange das schon da im Wasser auf dich gewartet hat?"

„Mit der Zündung habe ich vermutlich eine Zeitschaltung aktiviert, damit das Boot erst außerhalb der Mauern in die Luft flog", spann Nick den Faden weiter. „Ein echt teuflischer

Plan." Er schüttelte angewidert den Kopf. „Wie geht es dir im Augenblick?"

„Etwas besser. Ich bin nur sehr müde."

„Leg dich nach dem Essen ein bisschen hin. Ich passe auf dich auf, obwohl ich das Gefühl habe, dass das Spiel bei uns andersherum läuft."

„Hättest du nicht sofort reagiert, wären wir jetzt beide tot. Auch im Wasser warst du der, der die Lage voll im Griff hatte. Ich wäre an Ort und Stelle ertrunken, weil ich vor Schreck völlig paralysiert war." Lynn bettete ihren Kopf an seine Schulter.

Das Telefonklingeln schreckte beide auf. „Mein Vater", sagte Nick nach einem Blick auf das Display. Er nahm das Gespräch sofort an und schaltete nach den ersten Worten den Fernseher ein. In den regionalen Nachrichten lief der Newsticker über die Explosion seines Bootes über den Bildschirm und dass man einen Mordanschlag vermute.

„Ja, das ist leider wahr", sagte er nach der Begrüßung und zwei Sätzen seines Vaters in den Hörer. „Wir haben ganz knapp überlebt. Komm am besten morgen vorbei. Das sind Dinge, die kann man nicht am Telefon besprechen. Ja, ich gebe dir Lynn." Nick reichte ihr das Gerät.

„Es geht uns den Umständen entsprechend gut", beteuerte Lynn. „Nick hat schnelle Reaktionen, das hat uns das Leben gerettet. Ich freue mich sehr darauf, Sie wiederzusehen." Sie reicht Nick das Handy zurück, der noch ein paar

Worte auf Italienisch hinzufügte und sich dann verabschiedete.

Er hatte das Smartphone noch in der Hand, als es sich wieder meldete. „De Luca", gab er bekannt, um auch dieses Gespräch sofort anzunehmen.

„Ich würde mit Ihnen gern per Video sprechen, aber offenbar sind Sie gerade nicht in Ihrem Büro", erklärte der Anwalt.

„Ich bin aber zu Hause und gehe jetzt sofort rüber. Frau Wolff ist noch bei mir."

„Es ist Ihre Entscheidung, ob Sie ihr die ganz persönlichen Dinge zu wissen geben wollen, wobei sie ja eine Mitbetroffene ist."

Nick übersetzte für Lynn, was soeben gesprochen worden war.

„Erzähle es mir später", sagte sie nach kurzem Nachdenken. „Ihr könnt euch doch schneller und präziser verständigen, wenn ihr nicht laufend Englisch sprechen müsst."

„In Ordnung." Nick hauchte ihr einen Kuss auf die Wange und begab sich an seinen Schreibtisch, auf dem der kleine Drucker schon signalisierte, dass er Druckdaten per E-Mail empfing. De Luca übertrug also Dinge, die er dringend zur Kenntnis bekommen sollte. Nun verband sich Nick mit seinem Anwalt, um sich schon nach den ersten Sätzen mit beiden Händen an den Kopf zu fassen.

„Die Informationen in den Nachrichten ließen sich leider nicht verhindern", berichtete De

Luca am Ende des Gespräches. „Ich denke aber, dass es unserem Ziel, der Aufhebung Ihrer Ehe förderlich sein wird. Passen Sie gut auf Frau Wolff auf."

„Das werde ich!", versprach Nick, sich verabschiedend und die Verbindung unterbrechend. Mit den ausgedruckten Papieren in der Hand ging er zu Lynn ins Wohnzimmer, die im Halbschlaf vor sich hin döste, nun bei seinem Erscheinen sofort die Augen öffnete und ihn prüfend anschaute. „Wie stehen die Aktien?", fragte sie.

Nick lächelte verkniffen. „Diesen Papieren nach, müsste ich eigentlich ein Polygamist sein."

„Hä?!" Lynn richtete sich auf. „Wie das?"

„Nun, die dreizehnte Fee trägt wohl auch gleich noch die Namen der zwölf anderen", witzelte er.

„Ich ahne, was du sagen willst! Sie ist eine Heiratsschwindlerin!", rief Lynn.

„Richtig! Sie ist auf ähnlich mysteriöse Weise noch mit fünf anderen Männern verheiratet." Nick setzte das Wort mit den Fingern in Gänsefüßchen. „Bis auf einen, weiß keiner von ihnen, wie er zu seiner Ehefrau gekommen ist."

„Genau wie du!" Lynn war inzwischen hellwach und schnappte nach dem Blatt, welches ihr Nick hinhielt. „Medea Tozzi, Molly Winters, Mariana Smolenska, Mary Hopkins, Maria Olschewska, Marie Lefebvre. Unglaublich. Und welcher ist der richtige Namen?"

„Vermutlich Medea Bianchi. Heiratsschwindlerin, Kreditkartenbetrügerin, Versicherungsbetrügerin, Giftmischerin, die in drei Ländern wegen Mordversuchs gejagt wird. Ich bin nicht der einzige *Ehemann,* den sie unter die Erde zu bringen versucht hat.

Mister Hopkins aus Alabama hat sie immer wieder Digitalis ins Essen gemixt. Als es ihm richtig schlecht ging, ist er Knall und Fall zu einem Freund gefahren, wo er nach zwei Tagen komplett beschwerdefrei war. Dieser Freund, ein sehr belesener Mann, hat die Symptome mit Herzbeschwerden durch Vergiftung verglichen. Also hat Hopkins einen Arzt aufgesucht und schließlich die Polizei. Da war die treusorgende Gattin aber schon mit dem halben Vermögen des Gentleman untergetaucht.

Der Dritte, Monsieur Lefebvre aus Rouen, kam nicht so glimpflich davon. Er sitzt querschnittsgelähmt im Rollstuhl, weil sie nachts Schmierseife auf der Treppe verteilt hatte."

„Oh, mein Gott!", hauchte Lynn. „Weißt du, was wir für Glück hatten?"

„Ich weiß, was ich für Glück habe, dass es dich gibt", betonte Nick erneut. „Ohne dich hätte mich diese Psychopathin schon zur Strecke gebracht. Spätestens heute."

„Scheint wirklich was dran zu sein", murmelte Lynn. „Weißt du, wie es mir an jenem Tag ging, als wir uns das erste Mal begegnet sind? Ich wollte noch einen Blick nach dem gutaussehenden Fremden riskieren, und er war weg. Da brach eine halbe Welt zusammen. Als ich dich dann in Massimos Eingangstür fast über den Haufen gerannt habe, lag auch noch der Rest in Trümmern. Jetzt wird er mich für die dümmste Pute auf Erden halten, war alles, was ich denken konnte. Ich habe mich so wahnsinnig danach gesehnt, ein paar Wort mit dir zu wechseln."

„Ging mir auch so", schmunzelte Nick. „Da hab ich einfach alles versucht, was nicht nach plumper Anmache aussah, um irgendwie wenigstens ein Lächeln zu bekommen. Erst recht, nachdem es wegen der Zeichnung Stress mit meinem Hausdrachen gab. Weißt du, was ich gemacht habe, als du nach dem Urlaub nach Hause gefahren bist?" Er winkte mit dem Finger und Lynn folgte ihm in sein Atelier, wo auf mehreren Staffeleien ihr Konterfei aus verschiedenen Blickrichtungen zu sehen war.

Lynn schaute auf das Datum. „Du hast sie alle in einer Nacht gemalt?"

„Hmm, hmm", brummte Nick zufrieden. „Ich bin morgens an der Wand sitzend aufgewacht, die Zeichenkohle noch in der Hand haltend. Ich hatte wahnsinnige Angst, dich nie mehr wiederzusehen. Ich bin erst in den folgenden Tagen etwas ruhiger geworden, als wir uns jeden Abend am Computer gesehen und miteinander gesprochen haben. Na ja, und dann hab ich es trotzdem nicht mehr ausgehalten und habe mich ins Auto gesetzt, um dich endlich wieder in den

Armen halten zu können." Er zog sie an seine Brust. „Am liebsten möchte ich heute bei dir schlafen."

„Dann tu es doch!", rief Lynn. „Wir nehmen die Reste vom Essen mit runter, machen sie uns warm, und trinken dazu Pfefferminz-Tee aus den großen Pötten. Frisches Brot habe ich heute Morgen gekauft. Wir werden sicher satt werden. Dann igeln wir uns noch ein bisschen vor dem Fernseher auf dem Sofa ein."

Nick sprang auf. „Geht los!"

Bis zum Anschalten des Fernsehgerätes war es auch ein entspannter Abend, aber dann ... Zwar lief der Hinweis auf das Bootsunglück nicht mehr im Newsticker, dafür waren Urlaubervideos aufgetaucht, die, in der richtigen Reihenfolge gezeigt, ziemlich genau darstellten, wie sich das Ganze abgespielt hatte. Lynn drückte geistesgegenwärtig die Aufnahmetaste ihres Recorders, sodass ihnen nur eine Startsequenz des ersten Films verloren ging. Am Ende der öffentliche Fahndungsaufruf nach Medea Tozzi nebst den anderen Pseudonymen mit dem Hinweis, dass die Gesuchte gefährlich und gewaltbereit sei.

„Scheiße", murmelte Nick, entgegen seiner sonstigen ruhigen Art. „Nicht, dass mir nun die Kundenaufträge wegbrechen."

Lynn streichelte seinen Arm. „Abwarten. Vielleicht kommen nun auch mehr, weil jeder etwas von dem Mann haben will, der solch einen

Wahnsinn überlebt hat. Weißt du, was wir machen, damit du auf andere Gedanken kommst?"

„Ins Bett gehen?"

Lynn begann herzhaft zu lachen. „Das ist natürlich auch eine passable Variante. Ich dachte eher, wir planen den Aktkalender."

Nick kicherte vergnügt. „Das lässt sich doch perfekt verbinden."

„Zumindest habe ich es schon mal geschafft, dass du wieder lachst", schmunzelte Lynn. Sie räumte rasch das Geschirr in den Spüler. „Kommst du morgen mit deinem Pa bei mir zu Kaffee und Kuchen?"

Nick schaute sie irritiert an. „Ich dachte, wir verbringen den ganzen Tag gemeinsam."

„Das heißt aber nicht, dass wir woanders Kaffee trinken müssen", konterte Lynn, obwohl sie ziemlich überrascht war, sofort so eng in die Familie eingebunden zu werden. „Ich backe auf jeden Fall gleich nach dem Frühstück einen leckeren Rührkuchen. So einen ganz luftig lockeren, nach Zitrone duftenden ..."

„Da läuft mir doch gleich wieder das Wasser im Mund zusammen", stöhnte Nick. „Das ist unfair!"

„Wie mag dein Dad den Kuchen? Pur oder mit Glasur?"

„Mit Glasur, glaube ich."

„Schoko oder Zuckerguss?"

Nick riss die Augen auf. „Ich bin völlig überfragt."

„Dann wird der Kuchen eben viergeteilt. Je ein Viertel pur, Zuckerguss, dunkle und weiße Schokolade. Basta!"

„Oha. Jetzt wird sie energisch", blinzelte er.

Lynn nickte. „Langsam werden auch die Kopfschmerzen erträglich."

„Davon hast du dem Arzt aber nichts gesagt!", rief er.

Lynn zuckte mit den Schultern. „Die habe ich erst wahrgenommen, als hier langsam Ruhe einkehrte und die Wirkung der Spritze nachließ."

„Okay, ich habe auch nicht vor, mit dir zu schimpfen. Mir schwirrt doch selber der Schädel. Komm kuscheln, Schatz. Ich möchte dich ganz nah bei mir fühlen."

„Duschen fällt aber aus!", erklärte Lynn. „Mein Bedarf an Wasser ist für heute gründlich gedeckt."

„Dito!", sagte Nick schmunzelnd und trug sie kurzerhand ins Bett.

In der Waagerechten merkten beide erst, wie völlig fertig sie waren. Sie schmiegten sich aneinander und mussten wohl auch im selben Moment eingeschlafen sein.

Klappern gehört zum Handwerk

Ein ungewohnter Lautstärkepegel weckte die beiden am nächsten Morgen. Sie schauten sich irritiert an. Dann flüsterte Lynn auch schon. „Wir haben gestern weder das Fenster geschlossen, noch zugezogen, dem Lärm nach ist es bestimmt schon neun Uhr!"

„Stimmt, steht alles offen", gab Nick genau so leise zurück. „Es ist aber erst sieben Uhr drei. Da drüben bekommen sie gerade die Wochenlieferung. Das mit dem Fensterschließen und Zuziehen lässt sich doch sicher nachholen?" Er machte sich sofort ans Werk.

Wozu er es nachholte, musste Lynn nicht hinterfragen. Nichts war klarer. Sie genoss seine Zärtlichkeiten mit geschlossenen Augen.

„Hach!", stöhnte Nick plötzlich. „Ich muss erst mal woanders hin, sonst kann ich es nicht wirklich genießen."

„Wir treffen uns unter der Dusche!", rief Lynn hinterher.

„Na, aber gerne doch!"

Hinter der Küchenzeile, wo die Tür versteckt war, die zur Toilette führte, war auch das Regal mit den Duschtüchern, von denen sich Nick nun eins bereitlegte. Lynns Tuch hing auf dem kleinen Trockner. Nick stand schon in der Kabine, als sie hereinkam, und sofort knisterte die Luft vor erotischer Spannung. Von der Kühle im Raum hatten sich Lynns Brustwarzen keck aufgerichtet und die ersten darüber rinnenden Wassertropfen erinnerten Nick sofort wieder an den Kalender. Dieser Anblick wäre als Titelblatt der Hingucker schlechthin.

Lynn schmiegte sich an seine Brust, begann aber im nächsten Moment langsam ihre Lippen über seinen Körper wandern zu lassen. Tiefer und noch tiefer, wo sie auf eindeutiges Wohlwollen der angepeilten Region stieß. Nick drosselte die Wasserzufuhr, um es ohne Fremdeinflüsse genießen zu können, wie Lynns Zunge über seine Eichel huschte und er schließlich wieder sanft ihre Zähne spürte, ehe sie heftig zu saugen begann. Er zögerte mühsam den Samenerguss hinaus, bis sie sich endlich wieder aufrichtete und er tief in ihren Schoß eindringen konnte.

Ganz tief im Unterbewusstsein, regte sich Freude darüber, die Duschkabine mit dem Besten vom Besten ausgestattet zu haben, was jetzt rutschfesten Stand und damit maximalen Spaß garantierte. Der eingestellte Timer stoppte schließlich den Wasserzufluss. Nick wickelte Lynn in ihr großes Duschtuch und griff nach seinem. Es wurde Zeit, mit der Arbeit zu beginnen.

„Aber nicht ohne Frühstück!", forderte Lynn, demonstrativ die Kaffeemaschine füllend.

„Hast recht!", gab Nick kleinlaut zu und deckte schon mal den Tisch. Er war dankbar, wie sehr sie darauf achtete, trotz Stress einen geregelten Tagesablauf zu haben. Auch mit wie wenig finanziellem Einsatz man das bewerkstelligen konnte, beeindruckte ihn. Selbst wenn er Lynn mit Geschenken überhäufte, kostete ihn das nicht mal ein Viertel von dem, was Medea als Mindestausgaben für den Haushalt verlangt hatte, den sie nicht mal wirklich führte.

„So, nun darfst du an die Arbeit gehen", schmunzelte Lynn, als das Frühstück beendet war. „Schaust du bitte auch gleich mit in meinen Briefkasten?" Sie reichte ihm den Schlüssel, um schon das Kuchenbacken vorbereiten zu können. In spätestens einer Stunde werde sicher Herr Tozzi eintreffen und bis dahin sollte alles fertig sein.

„Ach herrje!", hörte sie durch das offene Fenster Nick sagen, als er die Kästen leerte. Gleich darauf lag eine Flut Briefe ohne Umschläge auf dem Tisch, die er ihr sofort übersetzte. Sie waren von den Nachbarn und Nicks Freunden, die ihr allesamt nach dem unschönen Ereignis am Vortag Trost spenden und Mut machen wollten. Bei Nick im Kasten hatte es genau so ausgesehen, nur dass dazwischen zwei Umschläge mit ausländischem Stempel steckten.

„Schau an! Aus Frankreich", rief Lynn. „Lefebvre? Ist das nicht einer von Medeas alias Namen?"

„Richtig. Der Brief kommt auch von ihrem bedauernswerten französischen Pseudo-Ehemann. Ich muss ihn mir aber übersetzen lassen,

weil meine Sprachkenntnisse nur fürs Alltagsge-
plänkel reichen. Wir reden später darüber. Bis
dann!" Er eilte, immer zwei Stufen auf einmal
nehmend, die Treppe hinauf.

Lynn rührte Teig, fettete und bröselte die
Form aus, dann schob sie die gefüllte Backform
auf die mittlere Schiene der Backröhre. Schnell
Fenster im Wohnraum schließen, Bett machen
und ... Sie blieb stehen, sich in wie in Zeitlupe zu
den Wohnzimmerfenstern umdrehend. In den
Blumenkästen, die gestern noch leer gewesen
waren, prangte ein fünffarbiges Meer aus blü-
henden Kissenastern.

„Ist das schön!", flüsterte Lynn dankbar und
steckte, weil sie den edlen Spender nicht kannte,
ein Holzschildchen gut sichtbar zwischen die
Pflanzen, auf das sie neben einem Herzchen
schrieb: Grazie Mille! Darunter setzte sie ihr
Wollmaus-Logo.

Fast zeitgleich hörte sie Nick die Treppe
herunter kommen, die Haustür öffnen, Sekunden später wieder schließen. Da klingelte es auch
schon bei ihr.

„Warst du Blümchen anschauen?", fragte sie
sofort lächelnd.

„Ja. Ich dachte vorhin, ich hätte Halluzinatio-
nen. Das wollte ich nun genau wissen."

„Sie sind wunderschön", freute sich Lynn.
„Hast ja bestimmt auch mein Dankeschön-
Schildchen erspäht."

Nick hob schnuppernd die Nase. „Dein Backwerk riecht schon wahnsinnig gut. Das nächste Mal komme ich Teig naschen." Er verschwand wieder nach oben, während Lynn vergnügt vor sich hin kicherte. Dabei ahnte sie nicht, dass Nick sein Atelierfenster geöffnet hatte, und der Duft an der Hauswand hinauf direkt in dessen Wohnung zog. Ganz besonders, als der fertige Kuchen zum Abkühlen in Fensternähe stand.

Gegen 10:30 Uhr hielt ein Auto vor dem Haus. Lynn, spähte durch die halb offene Jalousie. Es war Nicks Vater, der soeben an die Klingel trat. Er wird jemanden brauchen, der die Tiefgarage aufschließt, überlegte sie und rief auf Englisch hinaus: „Sagen Sie ihm, dass ich mitfahre. Da muss er seine Arbeit nicht unterbrechen!"

Herr Tozzi stutzte, winkte und gab die Auskunft an Nick weiter. Lynn schlüpfte in die Straßenschuhe , begrüßte Nicks Vater und nahm auf dem Beifahrersitz Platz, um für ihn das Tor aufzumachen. Durch die wahnsinnig schmale Gasse musste sich Herr Tozzi sehr konzentrieren, um keine Urlauber zu verletzen. Er atmete deutlich hörbar auf, als sich endlich das Garagentor öffnete.

„Herzlichen Dank!", rief er. „Nick hätte noch ein paar Minuten gebraucht. Sie haben mich gerettet. Wie geht es Ihnen?" Er nahm Lynns Hände und schaute ihr prüfend in die Augen.

„Recht gut", erwiderte sie mit strahlendem Lächeln.

Gemächlich durchquerten sie den Parkhauskomplex und statteten Adriana einen kurzen Besuch ab, der ebenfalls ein großer Stein vom Herzen fiel, dass Lynn bei guter Verfassung war. Herr Tozzi sah sich neugierig um. Die gemeinsame Präsentation der Kunstwerke wirkte warmherzig und einladend. Soeben kam jemand herein, der sich für das Postkartenset mit dem gehäkelten Schlüsselanhänger interessierte und am Ende sogar noch zwei Herzen extra kaufte.

„Die Wollmaus nagt sich vorwärts", schmunzelte Lynn. „Wir gehen gleich durch die Hintertür nach oben."

Natürlich folgte ihr Herr Tozzi gern, zumal er diesen Zugang zur Wohnung seines Sohnes noch gar nicht kannte. Er wunderte sich auch kein bisschen, dass sie die Tür mittels Fingerprint öffnete. Nicks Vertrauen war wirklich so groß, wie es auch Massimo beschrieben hatte. Mit einem amüsierten Grinsen quittierte er, dass sie im Weinlager herauskamen.

„Nick! Wir sind da!", rief Lynn, um herauszufinden, wo er sich gerade aufhielt.

„Ich bin noch im Atelier!"

„Okay, dann setze ich gleich Kaffee an!" , rief Lynn und wandte sich an Herrn Tozzi: „Er wird sich freuen, Ihnen sein neuestes Werk vorstellen zu können."

Das leichte Lächeln in Tozzis Mundwinkeln deutete an, wie klar ihm soeben geworden war, dass hier offensichtlich doch mehr lief, als bloße Geschäftspartnerschaft, wie die beiden es bei ihrem Besuch in Padua dargestellt hatten. Bevor er aber zu Nick hinüber ging, zauberte er für Lynn eine wundervolle, sehr seltene Orchidee aus seinem Beutel.

„Oh mein Gott! Ist die schön!" Lynn bedankte sich hocherfreut, über das grandiose Geschenk. Fast übervorsichtig stellte sie den Topf auf den Tisch, um das aparte Gewächs erstaunt zu betrachten. Dann füllte sie rasch den Kaffeeautomaten.

„Hallo Dad!", rief Nick lächelnd. „Ich brauche noch ein paar Sekunden", erklärte er, rasch mit dem breiten Spachtel das riesige Bild mit Resin überziehend. „Wenn du möchtest, kannst du dir die Arbeiten da drüben auf dem Tisch anschauen."

Tozzi näherte sich dem Stapel Blätter. Detailstudien von Pflanzen und Tieren, aber auch mehrere Bögen mit Lynns Gesicht. Mal lachend, mal nachdenklich, schmollend oder erschreckt aus mehreren Perspektiven und eigentlich fast die ganze Bandbreite der menschlichen Gefühle widerspiegelnd. Zwei Bilder legte er beiseite, um sie genauer zu betrachten. Das geheimnisvolle Lächeln hatte ihn sofort angesprochen. „Verkaufst du auch deine Studienbögen?", fragte er.

„Hin und wieder. Die bekommen nicht viele Leute zu sehen." Nick betrachtete noch einmal kritisch seine fertige Arbeit, räumte auf und umarmte seinen Vater herzlich. Dabei fiel sein Blick auf die Bleistiftzeichnungen.

„Die beiden möchte ich gern haben", erklärte Tozzi.

„Oh. Da muss ich erst das Model fragen, ob ich sie weitergeben darf", erwiderte Nick und rief nach Lynn.

Die wurde sogar ein wenig rot, als Nicks Vater um die Zeichnungen bat und erklärte, er wolle sie in der Firma in sein Büro und den kleinen Konferenzsaal hängen. Natürlich sagte sie ja und Nick rahmte beide Werke sofort, zum Interieur der angesprochenen Räume passend.

„Was bekommst du?"

„Einen schönen Tag mit netten Gesprächen", erwiderte Nick blinzelnd, der ahnte, dass sein Vater nicht mit leeren Händen gekommen war. Beim Anblick der Orchidee war klar, dass er sich nicht geirrt hatte. Nun bekam auch Nick ein *kleines* Geschenk, wie Herr Tozzi betonte – zwei Flaschen wirklich hervorragenden Champagner. „Ihr trinkt ihn doch sicher gemeinsam", schmunzelte er.

„Das ist durchaus anzunehmen", grinste Nick jungenhaft.

„Sag mal, hast du gebacken?", fragte Herr Tozzi plötzlich, weil noch immer ein Hauch Kuchenduft im Raum schwebte.

Nick zeigte auf Lynn. „Sie hat für heute Nachmittag gebacken. Du machst dir ja kein Bild, wie es noch vor einer Stunde hier oben geduftet hat, weil ihr Küchenfenster genau unter meinem Atelier liegt! Das grenzte schon fast an seelische Grausamkeit."

Lynn bewegte die Hand, als habe sie sich verbrannt und murmelte: „Ooooops. Damit habe ich nicht gerechnet. Zumindest werde ich mich in Zukunft nicht wundern, wenn du plötzlich vor meiner Tür stehst, wenn ich backe. Ich denke, spätestens zu Weihnachten ist es soweit. Dann wird dich der zarte Hauch von Apfelplätzchen ganz schnell hervorlocken."

„Ich glaube, ich sollte mir das Datum auch gleich im Kalender markieren", gab Herr Tozzi lachend bekannt. „Apropos Weihnachten – ich würde in diesem Jahr gern eure Bildpostkarten mit den Schlüsselherzen in die Päckchen meiner Stammkunden legen. Sagen wir: 50 Sätze bräuchte ich in drei Wochen."

Lynn kniff die Augen zusammen, überrechnete die Arbeitszeit und meinte dann: „Kriege ich hin, wenn ich die Ringe und das Garn heute noch im Internet nachbestelle. Die Ware dürfte gerade eintreffen, wenn ich das vorhandene Material aufgebraucht habe. Ab morgen könnte ich bereits ausschließlich diesen Auftrag bearbeiten."

Tozzi hielt ihr die Hand hin, Lynn schlug ein und hatte ihren ersten großen Deal an Land gezogen. Die 50 Kartensätze hatte Nick auf jeden Fall noch am Lager. Lynn erfuhr so auch ganz nebenbei, dass Nicks Vater mit Wein und Sekt handelte und sich da international einen Namen gemacht hatte. Ein bisschen Werbung für die Wollmaus konnte so durchaus die richtigen Leute erreichen. Jetzt war ihr auch klar, warum Nicks Weinlager immer mit den teuersten Spezialitäten gefüllt war. Zum Familiensonderpreis blieben auch die edelsten Tropfen bezahlbar.

Schließlich kam das Gespräch auf die Bootsexplosion und Tozzi gab zu, ebenfalls sämtliche Videos gespeichert zu haben.

„Eigentlich bin ich eine gute Schwimmerin", erklärte Lynn. „Ich war aber so geschockt, als Nick, indem er mich ins Wasser warf, bestätigte, dass ich eine Sprengladung gesehen hatte, dass ich keinen Muskel rühren konnte. Das war ein Gefühl wie im Traum, wenn man in einen Abgrund fällt und kurz vor dem Aufschlag schweißgebadet erwacht. Nur war diesmal der Abgrund real, wenn auch mit Wasser gefüllt, und aufgewacht bin ich erst, als ich die Beruhigungsspritze bekommen hatte."

„Dafür war ich für zwei schweißgebadet", sagte Nick. „Nur gut, dass ich sämtliche Tauch- und Überlebenscamps absolviert habe. Ich habe bestimmt den Weltrekord im Rettungsschwimmen gebrochen, aus Angst, dass Lynn am Schock sterben könnte."

„Ich will gar nicht wissen, was passiert wäre, hätte Lynn nicht gemerkt, dass etwas faul ist!", rief Tozzi. „Falls Ihre Kamera nicht mehr zu reparieren geht, kaufe ich Ihnen jede, die Sie sich wünschen!", schwor er.

„Die ist bestimmt hinüber", sagte Lynn traurig. „Solche billigen Geräte für unter 100 Euro nimmt mit Sicherheit auch niemand zur Überprüfung an."

Nick sprang auf. „Wartet einen Moment. Ich habe sie heute Morgen noch einmal mit warmer Luft ausgeblasen." Er holte das kleine unscheinbare Ding und brachte auch gleich den Akku mit, welchen er entfernt und getrocknet hatte. Nun platzierte er ihn in seinem Fach, schloss die Klappe und drückte den Einschaltknopf. Ein leises Knacken. „Vielleicht ist er ja leer?"

Diesmal schnellte Lynn von ihrem Platz. „Ich hole meinen vollen Ersatzakku und das Ladegerät!" Sie rannte die Treppe hinunter, während sich die Männer halb verblüfft, halb amüsiert anschauten. Es dauerte auch keine drei Minuten, da war sie mit ihrer Kameratasche zurück. Diesmal begann der Fotoapparat zu summen und die Linse quälte sich aus dem Gehäuse.

„Ich fasse es nicht", hauchte Nick. „Der Winzling lebt. Nun muss er nur noch Bilder machen."

Lynn reichte ihm eine leere vier Gigabyte SD-Karte, die sie für Notfälle immer dabeihatte.

„Er erkennt sie nicht", gab Nick bekannt.

Lynn hielt ihm die Hand hin. „Darf ich?" Sie nahm die Karte noch einmal heraus, rieb die Kontakte sehr vorsichtig an ihrem Ärmel, und steckte den Chip wieder an seinen Platz zurück. Mit viel Gefühl verriegelte sie den Slot und murmelte: „Ich konnte mich selbst im strömenden Regen immer auf dich verlassen. Tu es mir nicht an, wegen ein paar Wassertropfen mehr, den Geist aufzugeben." Diesmal fuhr die Linse schon etwas leichter aus dem Gehäuse und Lynn stieß einen Jubelschrei aus, als die Karte angenommen wurde. „Bitte lächeln!", rief sie, auf den Auslöser drückend, um Vater und Sohn zu fotografieren. Die Iris der Kamera bewegte sich und einen Lidschlag später konnten sie das Bild auf dem Display bewundern. „Oh, ich liebe dich!", jubelte Lynn, Nick um den Hals fallend, im nächsten Moment aber puterrot anlaufend, während Tozzi herzhaft zu lachen begann.

„Ich habe es doch schon die ganze Zeit vermutet. Meinetwegen müsst ihr euch wirklich keinen Zwang antun. Nur den Rest der Welt geht es nichts an, dass Nick eine Geliebte hat."

Das nahm Nick zum Anlass, sich seinen Belohnungskuss sofort abzuholen. Dafür trug er dann auch freiwillig das geliehene Geschirr, als sie zu Massimo Mittagessen gingen.

Der machte fast einen Luftsprung, als alle drei quietschvergnügt zur Tür hereinkamen. Er hatte sich den ganzen Abend und auch den Vormittag lang jeden Kommentar verkniffen, wenn über den Zustand der beiden Verunglückten die wildesten Vermutungen die Runde machten. Ihm war ja selber auch angst und bange geworden, als er die Urlaubervideos in den Regionalnachrichten gesehen hatte. Jetzt fielen ihm ganze Gebirge vom Herzen.

Rosanna brachte die Getränke. Sie drückte ganz fest Lynns und Nicks Hände. „Bald alles wieder gut, alles wieder gut."

„Hier gehören Sie offensichtlich auch schon zur Familie", stellte Tozzi erfreut fest.

Lynn schmunzelte. „Rosanna schimpft ab und zu mit Nick, wenn sie glaubt, dass er mir zu viel zumutet."

Nick hob lustig-hilflos die Schultern. „Immer auf die Kleinen, die sich nicht wehren können."

„Es haben gestern viele Anteil genommen und uns Mut gemacht", berichtete Lynn. „Dadurch fühle ich mich nicht so fremd, wie man es vielleicht vermuten könnte." Sie erzählte von den bepflanzten Blumenkästen. „Das tut gut, gerade in Zeiten, wo man auch hier auf eingewanderte Ausländer nicht besonders gut zu sprechen ist. Auf den Behörden helfen mir Nick und Herr De Luca, da wagt sich dort auch keiner, mich böse anzugehen, oder als Bittsteller dritter Klasse zu behandeln. Ich will ja nur ein paar Genehmigungen der harmlosen Art. Ich habe mein Einkommen, damit auch mein Auskommen und will dem Staat ganz bestimmt nicht vor der Rente auf der Tasche liegen."

„Du lächelst so in dich hinein", wandte sich Tozzi an seinen Sohn.

„Hm, ich habe gerade überlegt, ob du dich jemals mit Medea unterhalten hast", erklärte Nick.

Tozzi schüttelte den Kopf. „Ich kann dir den genauen Wortlaut des einzigen Telefonates herbeten, das ich je mit ihr geführt habe. Guten Tag. Die Frage, ob du da bist, und auf Wiederhören, weil du nicht da warst. Mir war diese Person, von der ersten Erwähnung an, sowas von zuwider, dass ich es kaum in Worte fassen kann. Deshalb habe ich mich ja auch so rar gemacht."

„Ich bin übrigens der zuletzt aufgelesene, und nebenbei bemerkt, einzige junge, Ehemann in ihrer perversen Sammlung, sodass eine Annullierung der Ehe in wenigen Wochen ziemlich sicher zu erwarten ist", gab Nick mit tiefer Zufriedenheit bekannt. „De Luca hat wirklich ganze Arbeit geleistet."

„Hervorragend!" Tozzi rieb sich die Hände. „Falls sie den Amis in die Finger fällt, kann sie sich gleich einen Strick nehmen."

„Ich habe nichts dagegen!", erklärte Lynn mit finsterem Blick.

„Oh je! Jetzt habe ich Ihnen die Laune verdorben", seufzte Tozzi. „Kann ich es wiedergutmachen?"

„Ach was!" Lynn schüttelte den Kopf. „Das ist diese Person gar nicht wert."

„Kauf ihr ein Schlumpfeis!", riet Nick blinzelnd und gab zum Besten, wie sie sich kennengelernt und schließlich einen Curacao auf das Wohl der blauen Zwerge getrunken hatten.

Lachend orderte Tozzi eine Runde, um die Schlümpfe hoch leben zu lassen, die Lynn und Nick zusammengeführt hatten. Auch Rosanna und Massimo stießen mit an, um das denkwürdige Ereignisse gebührend zu würdigen.

Nach einem ausgiebigen Verdauungsspaziergang am Ufer des Gardasees lud Lynn zu Kaffee und Kuchen in ihre Wohnung ein. Nicks Vater bekam riesengroße Augen, was aus der ehemaligen Gerümpelhalde geworden war. Der kombinierte Wohn- und Arbeitsraum war urgemütlich eingerichtet. Er bewunderte die Orchideenvitrine, in der genügend Platz für Lynns neue Pflanze war.

„Die habe ich alle aus Deutschland mitgebracht", erklärte sie stolz. „Ich bin so dankbar, dass Nick eine Lösung gefunden hat, sie auch hier pflegen zu können."

„Und ich freue mich, dass ich genau die richtige Pflanzenart herausgepickt habe", schmunzelte Tozzi. Orchideen passten ganz einfach zu dem, was er bis dahin über Lynn gehört und selber erlebt hatte.

„Oh, sie hat es wahrgemacht!", staunte Nick, als Lynn den Tisch deckte und der leckere Selterskuchen wirklich vier Glasuren trug. Logisch, dass er seinem Vater sofort verriet, was es damit auf sich hatte.

„Allen Leuten recht getan, ist eine Kunst, die manchmal sogar funktioniert", kicherte Lynn fröhlich, den Kuchen so aufschneidend, dass jeder von jedem kosten konnte.

„Ich könnte mich nicht auf eine Variante festlegen", seufzte Tozzi schließlich.

Dass sie Meisterin in Bezug auf Variationen war, merkte er, als er sich in ihrer Arbeitsecke den angearbeiteten Schmuck anschaute. Es gab sehr voneinander verschiedene Ketten, Armbänder und Ohrringe, die man trotzdem wunderbar miteinander kombinieren konnte, weil das Ausgangsmaterial gleich war.

„Ich habe immer alles, was nicht echte Muschelperlen sind, für Kinderkram gehalten", gab Tozzi zu. „Wenn ich aber diese filigranen Gebilde aus Silberdraht mit Naturholz- und Silberkügelchen sehe, bin ich doch beeindruckt. Sie sollten sie mit einer winzigen Plakette mit dem Wollmaus-Logo versehen und die Ohrringe hinten damit stempeln."

„Die Anfertigung sowohl des Stempels als auch der Miniplaketten übersteigt leider mein derzeitiges Budget", murmelte Lynn traurig.

Nick und sein Vater wechselten von ihr unbemerkt einen Blick. Tozzi schloss für den Bruchteil einer Sekunde beide Augen. Hin und wieder musste man dem Glück ganz einfach tief in den Rachen greifen, um es zu zwingen. „Nun, dann ist es eben eine Option auf die Zukunft", sagte er leichthin.

Lynn nickte.

Wieder in Nicks Wohnung schauten sie sich an der großen Videowand die Fotos von Nicks letzten beiden Reisen an, die ihn nach Südamerika geführt hatten. Er machte seinem Vater gegenüber auch keinen Hehl daraus, für Lynn auf den Mexiko-Auftrag verzichtet zu haben, was Tozzi eindeutig gut hieß.

Gleich nach dem Abendbrot fuhr Nicks Vater mit dem guten Gefühl nach Hause, dass nun auch die Familienbindung wieder enger werden würde. Lynn war genau die Frau, die er sich von ganzem Herzen als Schwiegertochter wünschte. Er hatte beschlossen, ihr mit ein paar Kleinigkeiten hilfreich zur Seite zu stehen, die aber Großes bewirken konnten.

Die beiden jungen Leute igelten sich in Nicks Wohnung ein, um den Abend ganz in Ruhe ausklingen zu lassen.

„Es war ein schöner Tag", gab Lynn lächelnd bekannt. „Dein Vater ist wirklich sehr nett. Auch hat er viele interessante Ideen, die ich irgendwann sicher näher ins Auge fassen werde."

„Ja, es hat richtig gutgetan, mal ganz in Familie ein paar Stunden zu genießen. Du kannst mich für verrückt halten, aber ich freue mich jetzt schon auf Weihnachten, auf gebratene Ente und Apfeltaler. Mein Vater hat sich den ersten

Feiertag tatsächlich sofort als Familientag notiert."

„Wirklich?", staunte Lynn, die nicht erwartet hatte, dass Tozzi die Sache mit den Apfelplätzchen ernst meinte. „Dann muss ich mir ja richtig Mühe geben, wenn auch die Grünen Klöße gelingen sollen."

„Daran wird es sicher nicht scheitern", schmunzelte Nick. „Was du auch tust, du bist immer mit vollem Einsatz bei der Sache."

Lynn blinzelte. „Deshalb würde ich jetzt auch ganz gern noch ein bisschen mit dir kuscheln. Am besten im Whirlpool."

„Ist das nicht zu viel Wasser?", witzelte Nick.

„Ich denke, du wirst mich retten", erklärte Lynn, ihn ganz einfach an der Hand hinter sich herziehend.

Seine begeisterte Zusage war schon der Beginn eines heißen Vorspiels, welches mit gegenseitigem Ausziehen seinen Lauf nahm. Nick blockierte den Farbwechsel, sodass nur das violette Licht an den Seiten der Wanne leuchtete und alles in einen geheimnisvollen Schein tauchte. Lynn ließ sich verwöhnen und Nick genoss es, das tun zu dürfen.

Das Wasser erinnerte ihn allerdings auch daran, dass er seine Liebste um ein Haar im See verloren hätte, worauf er den Wildfang heute etwas bändigte.

Bodenlose Abgründe

In den nächsten Tagen antwortete Nick auf den Brief von Monsieur Lefebvre, worauf sich ein intensiver Mailverkehr entwickelte. Lefebvre machte es schließlich wahr, noch vor den Gerichtsverhandlungen nach Sirmione zu kommen, um seinen berühmten italienischen Leidensgefährten kennenzulernen, dessen Anwalt eine ganze Lawine ins Rollen gebracht hatte. Er nahm für zwei Wochen in einem der Thermenhotels Quartier, wo er gleich das komplette Leistungspaket gebucht hatte, um seine körperlichen Gebrechen durch den Treppensturz leichter ertragen zu können. Nicks Vater übernahm bei den beiden persönlichen Treffen das Übersetzen, da er praktisch zweisprachig aufgewachsen war, denn seine Mutter, also Nicks Großmutter, war Französin gewesen. So sparten beide Seiten Geld und konnten sicher sein, dass alle Informationen bei den Leuten blieben, die sie wirklich etwas angingen. Lynn hatte mit Nick und seinem Vater abgesprochen, gar nicht auf der Bildfläche zu erscheinen, außer als Geschäftspartnerin, die hin und wieder mit Nick per Boot unterwegs war, um in den kleinen Orten am See Material für die Werkstatt einzukaufen.

Lefebvre, Inhaber einer gut laufenden Werkzeugmaschinenfabrik, war auch von einer Konferenz aus den USA mysteriös verheiratet zurückgekommen und hatte seitdem alles bis zu jenem verhängnisvollen Tag auf der Treppe wie durch eine Watteschicht erlebt. Madame hatte sich noch in derselben Nacht, als der Sturz passierte, mit dem gesamten Familienschmuck aus dem Staub gemacht.

„Es war der Schmuck meiner Mutter und meiner verstorbenen Frau", erklärte er. „Ich will ihn wiederhaben!"

Auch Lefebvre bestätigte, mit seiner *Gattin* nie wissentlich Sex gehabt zu haben. „Sie haben unglaubliches Glück, junger Mann, dass Ihre Geschäftspartnerin das Gespür eines Seismografen hat und Ihr Anwalt der Beste ist, den man auf dem Juristenmarkt finden kann. Ich freue mich sehr, von seinen Erfolgen profitieren zu können. Ich hatte schon fast die Hoffnung aufgegeben, irgendwann Gerechtigkeit zu bekommen. Nun sieht es auch für mich ganz so aus, als würde meine Scheinehe annulliert und der Fall Treppensturz neu aufgerollt werden."

Als Urlaubserinnerung bestellte er zwei riesige Bilder von den Scaliger-Burgen Sirmione und Malcesine bei Nick, die seine Villa schmücken sollten. Lynn und Vater Tozzi freute sie sehr mit Nick über diesen lukrativen Auftrag. Da ahnte Nicks Vater noch nicht, dass er kurz darauf zum Haus-und-Hoflieferanten des Franzosen für ausgesuchte Weine aufsteigen werde.

Nach der Explosion war zu erwarten gewesen, dass sich Journalisten an Nicks und Lynns Fersen hefteten, und so trafen sie sich nur morgens zum Frühstück und abends zum gemeinsamen Essen bei ihr oder ihm in der Wohnung. Die meisten Neugierigen waren Paparazzi und einfach nur nervig, doch einer von ihnen, der sich Marco Falconetti nannte, schaffte es, die Aufmerksamkeit auf klare und sachliche Weise zu erregen. Er bat in einem handschriftlichen Brief um ein Treffen, weil er an brisantes Material zu Medea Tozzi gelangt sei. Nick sprach mit seinem Anwalt und der Reporter hatte kein Problem, sich bei diesem mit Nick zu treffen, was ihn sofort in seriöses Licht rückte.

Der Mann, der ihnen dann gegenüber saß, war so auf Unauffälligkeit getrimmt, dass man ihm den Reporter im Normalfall erst abgenommen hätte, nachdem man seinen Presseausweis gesehen hatte. „Sie werden sicher meine Geldforderung für die Informationen erwarten", begann er lächelnd das Gespräch. „Die wird auch kommen, weil ich von meiner Arbeit leben muss. Ich werde Ihnen aber keinen Mondscheinpreis nennen, sondern kann meine Auslagen nachweisen. Die Hälfte möchte ich noch heute verbindlich bestätigt haben, den zweiten Teil erst, wenn sich meine Informationen durch Ihre zu erwartenden Nachforschungen als wahr erweisen.

Ich wende mich bewusst zuerst an Sie und nicht die anderen Herren, die es ebenfalls interessieren wird, was ich in der Tasche trage, weil Ihr Fall öffentliches Aufsehen erregt hat. Die Höhe meiner Forderung ist direkt an die Nennung meines Namens bei der Lösung des Falls gekoppelt, sonst verdoppelt sich die verlangte Summe. Ich möchte 10000 Euro haben, die Hälfte davon sofort. Und ich verlange die Exklusivrechte zur Veröffentlichung der ganzen Story, wenn man die gesuchte Person dingfest gemacht und verurteilt hat."

Nick und De Luca stimmten zu und schauten den Mann erwartungsvoll an.

„Die Dame, die Sie als Medea kennen, ist keine Frau, sondern ein Travestiekünstler. Man kann also lange sinnlos nach einer Frau suchen, die gar keine ist."

Die Information hatte die Durchschlagskraft einer Panzerfaustgranate. De Luca sprang auf, während Nick durch die gespreizten Finger schaute und stumm den Kopf schüttelte.

„Auf welches Konto geht die Überweisung?", fragte Nick mit tonloser Stimme und wies den geforderten Erstbetrag sofort an.

De Luca hielt ihn nicht zurück. „Deshalb hat sie Sie wahrscheinlich ständig unter Drogen gesetzt, damit Sie ihr oder ihm nicht zu nahe kommen", vermutete er.

„Wie die anderen Herren auch", bestätigte der Reporter. „Haben Sie eine Haarbürste oder andere Dinge im Haus, die DNA-Spuren enthalten könnten?", fragte er.

„Ich denke schon. Ich habe ihre Gegenstände nicht angerührt", erklärte Nick.

„Dann lassen Sie sie untersuchen!" Falconetti
öffnete seine Tasche, um einige zusammenge-
heftete Blätter herauszunehmen, welche er Nick
in die Hand drückte. Es waren Laborberichte.
Die Kopien der Rechnungen für die Erstellung
legte er auf den Tisch. „Mit Fahrt-, Übernach-
tungs- und Verpflegungskosten sind es etwas
über 3000 Euro. Den Hauptanteil verlange ich
für dies hier ..." Er legte mehrere Fotos auf den
Tisch, die sehr deutlich zeigten, wie sich die
angebliche Tänzerin Medea Tozzi in einer
öffentlichen Toilette in einen Mann zurückver-
wandelte. „Sie müssen nun nur noch mit Bärten
oder Haarfarben spielen, mit Brillen und Kon-
taktlinsen, falls sie nicht Telemetrie ins Spiel
bringen", schmunzelte Falconetti. „Wo sich
Mario Bianchi, so sein richtiger Name, aufhält,
kann ich Ihnen leider nicht sagen. Als ich ihn
quer durch Italien verfolgte, hat er täglich das
Quartier gewechselt, soll heißen, er ist von einer
Absteige zur nächsten getingelt. Nun sind Sie an
der Reihe, aus meinem Material das Beste zu
machen. Ich werde mich hin und wieder telefonisch melden, um zu erfahren, wie die Dinge
laufen." Er erhob sich. „Ich halte natürlich auch
weiter die Augen offen, ob ich Super Mario
irgendwo vor die Linse bekomme. Auf Wiedersehen, meine Herren!"

Kaum war Falconetti gegangen, nahm De
Luca eine Flasche Whisky und zwei Gläser aus

dem Barschrank. „Darauf müssen wir einen trinken", murmelte er.

„Moment. Ich muss erst Frau Wolff anrufen, ob sie mich dann nach Hause fahren kann. Ich möchte ungern das Auto hier stehen lassen."

Lynn hob beim dritten Klingeln ab.

„Wärst du so lieb, jetzt gleich mit einem Taxi zur Kanzlei von Herrn De Luca zu kommen und mich mit dem BMW nach Hause zu fahren? Klappt?! Oh super! Ich revanchiere mich. Bis dann!"

„Wenn das alles gut überstanden ist, sollten Sie ihr einen Antrag machen", schlug De Luca vor. „Diese Frau ist ein Engel. So eine trifft man nicht noch mal."

„Wem sagen Sie das! Sie ist meine gute Fee, mein Schutzengel, meine Muse, mein Licht in der Finsternis. Doch muss ich sie deshalb in Ketten legen?"

„Sie beide werden schon die richtige Entscheidung treffen", erklärte De Luca.

Eine Viertelstunde später führte die Sekretärin Lynn ins Büro. Sie begrüßte den Anwalt mit einem Lächeln und deutete mit dem Kopf auf die Gläser. „Doch hoffentlich auf einen Erfolg?"

„Um einen Schock zu verdauen, trifft eher zu", erwiderte De Luca, ihr die Bilder zuschiebend.

Lynn setzte sich vorsichtshalber, ehe sie einen Blick darauf warf. Sie kniff die Augen zusammen und taxierte ein paar Sekunden das Gesicht des Mannes in der Damentoilette. „Gespeichert", sagte sie, die Fotos De Luca zurückgebend. „Es war also doch ein sehr wertvolles Gespräch, stelle ich fest. Selbst ein Schock kann vorwärts helfen. Nun ist es jedenfalls kein Geheimnis mehr, warum die Dame spurlos verschwunden ist. Statt als Frau Männer, wird die Person wohl nun als Mann Frauen ausnehmen, falls das nicht sogar einmal die Anfangsvariante war. Nun muss halt nach einem Mann gesucht werden oder nach beidem.

So, und auf, nach Hause! Ich stecke mitten in einem großen Auftrag, der pünktlich fertig werden muss!" Sie blinzelte Nick spitzbübisch zu.

„Ja, sie hat recht. Ich könnte ihr nicht mal dabei helfen", erklärte Nick. „Wir bleiben in Verbindung!"

Lynn richtete sich den Sitz ein, startete den Motor und fädelte sich nach ein paar Kilometern in den Schrittverkehr der Tagestouristen. Es dauerte eine kleine Ewigkeit, bis sie endlich die Tiefgarage erreichten.

„Tut mir leid, Schatz, aber ich wollte keinen Ärger riskieren", murmelte Nick schuldbewusst.

„Du weißt ja, wie du mich bei Laune halten kannst", schmunzelte Lynn. „Bis dahin!" Sie hauchte ihm einen Kuss auf die Wange und schlüpfte in ihre Wohnung. Es fehlten noch etwa zehn Herzen, um den Weihnachtsauftrag abschließen zu können. Und für das Fest lagen noch so viele andere Bestellungen vor, dass sie sich wirklich sputen musste.

Wenn Nick manchmal abends bei ihr blieb, um einfach da zu sein, nahm sie ihr Häkelzeug und arbeitete vor dem Fernseher weiter. Jetzt, wo er sah, wie viel Mühe in den kleinen Kunstwerken steckte, überlegte er, ob man sie nicht auch anderweitig anpreisen und gleichzeitig einen Euro teurer machen könnte. Dann kam ein gepolsterter Brief von seinem Vater ...

Lynn öffnete ihn besonders vorsichtig und erstarrte in freudigem Schreck, denn ihr rutschte eine Prägezange für die winzigen Wollmaus-Logos entgegen. Dieser folgten zwei Beutel fertige Fünf-Millimeter-Anhänger. 50 Stück aus Echtsilber, 50 in Edelstahl und ganz hinten tauchte noch ein Tütchen auf, in welchem eine Stanze für das Logo steckte. Sie schnappte sich das Telefon, um dem edlen Spender sofort für die herrlichen Gaben zu danken.

„Ich konnte den Nikolaus überzeugen, eine Ausnahme im Datum zu machen", schmunzelte Tozzi.

Das Nikolausgeschenk kam eine Woche später in Form eines Gerichtsurteils, welches Nicks Ehe für ungültig erklärte und just am sechsten Dezember im Briefkasten steckte. Am Wochenende darauf lud Nick seinen Vater und seine besten Freunde zu Massimo ein, wo er die grandiose Neuigkeit deftig zu feiern gedachte.

„Nun müssen wir unsere Liebe endlich nicht mehr verstecken!", jubelte er, Lynn im Kreis schwenkend.

Sie schüttelte schmunzelnd den Kopf. „Wir müssen aber auch nicht alle mit der Nase darauf stupsen. Aber ich kann dich verstehen. Ich habe es doch regelrecht poltern hören, welche Gebirge dir vom Herzen gefallen sind."

Nick hielt Lynn ganz, ganz fest. „Nun muss ich nur noch das Geld von der Versicherung für das Boot bekommen und dann hoffe ich, dass sie Bianchi endlich hinter Schloss und Riegel bringen."

„Ja, das Boot ...", sagte Lynn versonnen. „Ich hatte mich sehr auf ein paar schöne Wochenenden auf dem See gefreut."

Nick lächelte geheimnisvoll. „Darauf musst du nicht verzichten." Er zog das Handy aus der Hosentasche und rief die Website eines Sportbootreeders auf. „Schau mal. Das hier wird schon in zwei Tagen im Hafen liegen, egal, was die Versicherung macht. Ohne Boot bin ich erschossen. Ich habe weder Zeit noch Lust, mich mit dem Auto im Schneckentempo um den ganzen See zu quälen, nur weil ich dringend und sofort Material brauche."

Lynn schob seinen Finger, der den Preis verdeckte, vom Display. „Ach herrje."

Nick atmete tief durch. „Mit guten Booten ist es wie mit guten Autos, sie haben einen gewissen Wert und damit einen gewissen Preis. Dass ich es eine Wertklasse höher bestellt habe, eben weil ich die Zeit auf dem See mit dir wirklich genießen will, ist sicher verständlich." Er schaute tief in ihre Augen. „Seit du auf mich aufpasst, habe ich einige große Projekte abschließen können und sogar nebenbei gut verkauft. Ich kann mir das Boot wirklich leisten."

„Ich will es doch auch gar nicht anzweifeln!", sagte Lynn erschreckt, weil er sich so rechtfertigte. „Ich freue mich auf die nächste Tour. Und auf heute Abend", fügte sie mit einem schelmischen Blinzeln hinzu, denn diesmal war Abendbrot bei ihm angesagt, mit anschließendem Spaß im Whirlpool.

„Bring dein lila Spielzeug mit", schlug Nick vor, schon halb auf der Treppe stehend.

„Ohhhhh jaaaaa!", rief Lynn. „Ich werde es sicher nicht vergessen." Es war ein Freitag, man konnte am nächsten Morgen ausschlafen und so war vorprogrammiert, dass es ziemlich heiß hergehen werde.

„Hast du schon alle Einstellungen ausprobiert?", fragte Nick, als sie den Dildo auf die Bettdecke legte.

Sie schüttelte den Kopf. „Ich habe stets nur die beiden genutzt, bei denen ich von unserem ersten Test wusste, dass sie mich in Sekunden auf Wolke sieben bringen. Es ist aber sicher spannend, alles zu probieren."

Und der Kombinationsmöglichkeiten gab es viele …

Schmunzelnd beschlossen sie wieder die hochwissenschaftliche Methode, wobei Nick mindestens den gleichen Spaß wie Lynn hatte und sie spät in der Nacht zeitgleich erklärten, genug gespielt zu haben, worüber sie sich fast ausschütteten vor Lachen.

Am Wochenende sollte es noch einmal richtig heiß hergehen, ehe sich Lynn für ein paar Tage mit den typischen weiblichen Unpässlichkeiten zurückziehen wollte.

„Aber gemeinsam fernsehen ist drin!", protestierte Nick unter Lynns schallendem Gelächter.

„Du musst nur damit leben, dass ich zeitgleich Handarbeiten mache, weil nächste Woche Liefertermin ist", erklärte sie kichernd.

„Kommt mein Vater her?", staunte Nick.

„Ich fahre hin!"

„Ohne mich?!"

Lynn grinste breit. „Wenn du ganz brav bist, darfst du mitkommen."

„Oh, ja! Ich mache sogar Männchen!" Nick lachte herzlich. Es war schon lange beschlossene Sache, dass sie die bestellten Weihnachtspräsente gemeinsam nach Padua bringen wollten.

Einen Höhepunkt gab es allerdings vorher noch zu feiern – die Ankunft des neuen Motorbootes. Die halbe Nachbarschaft lief zusammen, als der Lastwagen die Liegeplätze erreichte und das imposante Boot mittels Kran ins Wasser gehoben wurde. Lynn, aufgeregt wie selten, durfte das schmucke Fahrzeug auf den Namen *buona fata*, gute Fee, taufen und natürlich an der Jungfernfahrt quer über den See teilnehmen. Das wundervoll sonnige Spätherbstwetter lud geradezu ein, Zeit auf dem See zu verbringen. Nick war besonders vorsichtig, weil die größeren Abmessungen auch ein anderes Fahrverhalten mit sich brachten. Kaum hatten sie freies Wasser erreicht, gab er Gas.

„Wow!", rief Lynn. „Da steckt ja richtig was unter der Haube."

„Viele, viele kleine Seepferdchen", erwiderte Nick vergnügt. „Bei dem ruhigen Lauf, den sie haben, müssen es Zelter sein."

Lynn vergaß natürlich auch nicht, ein paar besonders schöne Bilder von diesem denkwürdigen Ereignis zu machen, um sie Nicks Vater zeigen zu können.

Noch etwas machte den Tag denkwürdig – die nunmehr mit Kopfgeld ausgerufene Fahndung nach Mario Bianchi. Am frühen Nachmittag meldete sich Falconetti, der Nick aufforderte, doch sofort den Fernseher anzumachen.

„Ich bin noch auf dem See", erklärte Nick und ließ sich kurz berichten, was sich ereignet hatte. „Sobald ich zu Hause bin, überweise ich den Betrag!", versprach er.

Ehe er dazu kam, Lynn zu erzählen, worum es soeben gegangen war, rief De Luca an, um Nick zu informieren. „Falconetti war einen Lidschlag schneller als Sie", erwiderte Nick. „Ich fahre jetzt nach Hause und weise den zweiten Teil an."

„Tun Sie das mit gutem Gewissen", lautete die Antwort des Juristen.

Solange sie noch auf dem See waren, konnte Nick frei reden und Lynn erfuhr, dass die Analyse der Haare aus der Bürste die Entdeckungen des Journalisten bestätigten. Die Fahndung lief landesweit und wurde von allen großen Sendern ausgestrahlt. De Luca informierte die Anwälte der anderen Herren, dass er Interpol die neuen Erkenntnisse bereits übermittelt hatte.

„Nun kann Weihnachten doch ein Fest in Frieden werden", seufzte Lynn. „Ehrlich gesagt habe ich bis jetzt jeden Tag unterschwellig damit gerechnet, dass es wieder irgendeinen Anschlag auf Leib und Leben gibt."

„Ich auch", gab Nick zu, auf das Grün an der Ampel wartend, um in den Hafen einfahren zu können.

Lynn strich beim Aussteigen mit der Hand über die Bordwand. „Ein wundervolles Boot! Ich liebe es schon jetzt."

„Der Name ist ja auch Programm", erwiderte Nick blinzelnd, die Persenning akkurat befestigend, damit das Boot gut vor Regen und Möwenkot geschützt lag.

Zu Hause überwies er sofort das Geld und dann schauten beide gemeinsam im Internet die Nachrichten der letzten Stunden an. Die erste

Meldung begann mit Blick auf eine Menschenmenge.

Lynn packte Nick am Arm. „Der da, der Zweite von Links an der Bushaltestelle, ist Bianchi!"

„Die Gesichter sind doch noch gar nicht richtig zu sehen", brummte Nick, weil er tatsächlich nicht viel erkennen konnte.

„Wetten?", rief Lynn. „Das ist er! Du kehrst diese Woche das Treppenhaus, wenn ich recht habe!"

Da zoomte die Kamera auch schon auf und blieb an der zweiten Person von links hängen, deren Gesicht nun den ganzen Bildschirm füllte.

„Wo der Besen steht, weißt du ja", sagte Lynn kurz, um sich nun ganz der Meldung widmen zu können, die Nick übersetzte.

„Das war am Flughafen von Mailand", erklärte er.

Lynn schnaufte. „Dann dürfte er jetzt schon wieder über alle Berge sein. Nur wohin und unter welchem Namen? Seine Lager an gefälschten Pässen scheint ja riesig zu sein und die Welt ist groß."

„In die Staaten kann er nicht", zählte Nick auf. „Frankreich, Russland und Polen fallen aus den gleichen Gründen aus. Neuseeland und Australien sind zu gut gesichert. Den arabischen Raum können wir vermutlich ausklammern, weil er sich dort nicht anpassen könnte."

„Ich sagte doch, die Welt ist groß. In Südamerika und Asien gibt es genug Platz, sich zu verstecken und mit wenig Geld wie ein König zu leben." Lynn hob die Schultern. „Lass das mal die Behörden und Falconetti machen."

„Hast recht, wie immer", grinste Nick. „Die werden jedenfalls für ihre Recherchen bezahlt."

„Und wenn es aus deiner Tasche ist", konnte sich Lynn nicht verkneifen, noch anzuhängen.

Nick lachte. „Ja, das ist in diesem Fall der wunde Punkt." Er nahm Lynn in den Arm. „Schatz, lass uns lieber über Weihnachten nachdenken, das macht mehr Spaß."

Sie schmiegte sich katzenhaft an. Nicht ohne Wirkung, denn Nick brummte: „Oh ja. Das auch", womit schon feststand, dass sie in der nächsten Stunde für niemanden zu sprechen waren.

Nick bewies wieder Fingerfertigkeiten, die Lynn ganz rasch in Euphorie versetzten, ehe er sie gleich auf dem Sofa auf seinen Schoß zog, um die Reiterspiel zu genießen, die sie meisterlich beherrschte.

„Zum Fest gibt es dann ganz romantischen Zipfelmützen-Sex unterm Weihnachtsbaum", schmunzelte Lynn.

Nick lachte herzlich. „Dein Wunsch ist mir Befehl. Die Mützen mit oder ohne Glöckchen?"

Mit Ruhe und Gelassenheit

Nick machte sein Vorhaben wahr, weniger zu reisen und sich dafür mehr der Malerei zu widmen. Es waren in den letzten Wochen so viele Akt-Studien und fertige Kohle-Zeichnungen in kleinem Format entstanden, dass Lynn meinte, er solle sie zu einem Kalender und damit zu Geld machen.

„Wenn du mich selber mit der Nase darauf stößt, werde ich es tun", antwortete er erfreut und begann, die schönsten Bilder auszuwählen.

Seinem Verleger standen offenbar sofort die Dollarzeichen in den Augen, denn er nahm den Auftrag eines Kalenders im Format DIN A3 fast diskussionslos für das nächste Jahr an. Schon die neue Auflagenstückzahl der Bildpostkartensätze hatte sein Herz höher schlagen lassen. So konnte man die *Diskussion* eher einen zaghaften Versuch nennen, selbst mehr Prozente in die Tasche stecken zu können, was voll in die Hose ging.

Nick sagte ganz einfach: „Ich kann auch wechseln, wenn es Ihnen zu viel Aufwand ist. Denn eigentlich wollte ich noch einen kleinen schmalen Kalender mit den gleichen Motiven auflegen lassen."

Der war mit einem Mal überhaupt kein zusätzliches Problem und Nick grinste sich eins.

Auf dem Weg nach Padua beschlossen Lynn und Nick, seinem Vater von den Kalendern zu erzählen. Vielleicht hatte er ja Interesse, die kleine Variante im folgenden Jahr an Geschäftsfreunde zu vergeben.

„Beim Sex mit dir kommen mir die besten Ideen", blinzelte Nick.

Lynn schmunzelte in sich hinein.

„Ich weiß genau, was du jetzt denkst", lachte Nick und dann sagten sie wieder völlig synchron: „Ich habe ja auch einen Ruf zu verteidigen." Das anschließende Gelächter der beiden hörte man sicher bis auf den Gehweg.

Während man Nicks schwarzen BMW beim Werkschutz von Tozzis Weinhandel gut kannte, war man auf den weißen Seat von Lynn gar nicht eingerichtet. Es dauerte einige Minuten, bis man sie ins Allerheiligste der Firma fahren ließ. Dafür waren ihre Daten und die des Fahrzeugs dann auch fest gespeichert. Beim nächsten Besuch werde sich die Schranke also sofort und von allein öffnen. So hatte der Chef soeben persönlich verfügt.

Die Angestellten staunten, als der Boss auch selbst eine Kiste aus dem Kofferraum hob und direkt in sein Büro trug. Nick folgt mit den Karten und Lynn machte eine gute Figur zum Geschehen.

„Haben sie eine neue Sensation?", grinste Nick.

„Scheint so", lachte Tozzi, der Lynn am Auto mit einer väterlichen Umarmung begrüßt hatte, wie auch Nick. „Ein bisschen Tratsch kann manchmal die Arbeit regelrecht beflügeln. Ihr glaubt nicht, wie schnell sie an solchen Tagen laufen können, weil sie ja das gerade Gesehene in alle Abteilungen tragen müssen. Seit den Fernsehberichten und Fahndungsaufrufen sind sie sowieso komplett auf Empfang gepolt. Schaut nur mal, wie sie Lynns Flitzer beäugen!" Er trat mit ihnen ans Fenster.

„Ich habe hier auch kaum diesen Autotyp gesehen", warf Lynn ein. „Da muss man schon schauen, was für ein außerirdisches Objekt plötzlich auf dem Hof steht. Mir graut aber auch gleich, sollte ich doch mal Ersatzteile brauchen!"

„Ach, das packen wir schon!", rief Tozzi, einladend auf die Sitzecke zeigend. „Es ist schön, dass ihr da seid."

Nach ein einer halben Stunde sagte Nick plötzlich unvermittelt: „Könntet ihr beide euch eventuell auch auf ein Du einigen?"

Tozzi und Lynn schauten erst Nick, dann sich an. „Ich habe nichts dagegen", erklärte Lynn.

„Ich auch nicht", sagte Vater Tozzi und fügte hinzu: „Sag also einfach Vincenzo!"

„Sehr erfreut!", rief Lynn. „Ich glaube, jetzt verstehe ich endlich die Wortspiele, die ihr beide manchmal von euch gebt! Vincenzo Vino – abgekürzt Vin Vin, englisch phonetisch Win-

Win und damit eine Situation zum gegenseitigen Vorteil."

„Dir kann man wirklich nichts verheimlichen", schmunzelte Nick. „Ich hätte doch mit meinem Vater wetten sollen, dass du es sofort herausfindest! Der Kasten Sekt wäre mir sicher gewesen."

„Einigen wir uns auf zwei Flaschen, die ich freiwillig herausrücke", schlug Vincenzo breit grinsend vor. „Ich bin echt verblüfft."

„Angenommen!", riefen Lynn und Nick sofort.

Vincenzos Assistent erschien, begrüßte die Gäste und kümmerte sich um die Kisten mit den Weihnachtsgaben.

„Weil wir gerade bei Weihnachten sind", wandte sich Nick an seinen Vater, „Du bleibst doch vom 25. bis 26. bei uns?!"

Vincenzo lachte: „Das war ja jetzt schon mehr Befehl als Frage. Aber da sage ich nicht nein."

„Oh, prima!", rief Lynn. „Dann sind wir am ersten Feiertag zum Mittagessen und Kaffeetrinken fünf Personen, weil sich Massimo und Rosanna für ein paar Stunden loseisen können. Da werde ich Nicks Küche in Beschlag nehmen, um den Piepmatz zu brutzeln und die Klöße zu drehen. Die versprochenen Apfelplätzchen backe ich bei mir, damit sie zu den Feiertagen richtig durchgezogen sind."

„Du hast noch nie über deine Eltern gesprochen", stellte Nick nachdenklich fest.

Lynn presste die Lippen aufeinander. „Sie sind bei einem Verkehrsunfall ums Leben gekommen, als ich gerade 18 war. Ich gebe mir noch immer die Schuld dafür, obwohl ich weiß, dass das eigentlich Unsinn ist. Sie wollten mich nachts von der Disco abholen und sind von einem betrunkenen Fahrer, der von dort kam, von der Straße gerammt worden, eine mehrere Meter hohe Böschung hinunter gestürzt und gegen einen Baum geprallt. Sie sind noch am Unfallort gestorben."

„Oh, tut mir leid, dass ich jetzt in alten Wunden gestochert habe", murmelte Nick schuldbewusst, sie in den Arm nehmend.

„Schon okay." Lynn zog die Nase hoch. „Früher oder später wäre es ja doch Thema gewesen. Die Vorweihnachtszeit ist geradezu angetan, solche Dinge anzusprechen."

Vincenzo atmete tief durch. „Dann haben wir ja alle einen triftigen Grund, eine Schweigeminute einzulegen. Würdest du uns zu Weihnachten in die Kirche begleiten, wo wir unserer Lieben gedenken möchten?"

„Sehr gern!" Lynn nickte heftig. Vielleicht war das ja genau der richtige Ort, um endlich Frieden mit diesem Thema zu schließen.

Nick brachte mit seinen Kalendern das Gespräch schließlich wieder auf die geschäftlichen Dinge. Er rief auf seinem Tablet die vorläufige Druckdatei auf, durch die sich Vincenzo mit wachsender Begeisterung blätterte. „Muss ich haben!", rief er nach drei Bildern. „Elf große und 40 kleine Exemplare."

„Das eine ist vermutlich für dein Büro", merkte Lynn an.

„Richtig!"

„Dann wird er den schwarz-weißen Fotokalender bestimmt in die Wohnung hängen", blinzelte sie Nick zu.

„Wie, was schwarz-weiß??? Hab ich was verpasst?" Vincenzo schaute beide neugierig an, worauf Nick von ihrem gemeinsamen Projekt erzählte.

„Ja, du bekommst einen!", lachte er, bevor sein Vater überhaupt reagieren konnte.

Der stimmte in das Lachen ein. „Bin ich froh, dass dich deine Muse wieder auf den Erfolgspfad geführt hat! Zwar mit etwas ungewöhnlichen Projekten, aber das ist dem Erfolg meist egal." Dabei blinzelte er Lynn lustig zu, die wieder einmal einen Anflug von Röte auf den Wangen zeigte.

„Jetzt erzähle bloß nicht noch, wann du die besten Ideen hast!", murmelte sie, „Dann kannst du mich gleich Warnlampe deklarieren." Sagte es und färbte sich dunkelrot.

„Auch wenn du mir jetzt eine runterhaust, ich kann nicht anders", japste Nick, vor Lachen kaum Luft bekommend. „Das war jetzt ein klassisches Eigentor."

„Stimmt." Lynn wäre am liebsten im Erdboden versunken. Sie war dankbar, dass Vincenzo, wenn auch äußerst mühsam, gelassen blieb. Aber dem tat Lynn aufrichtig leid, weil für sie die neue künstlerische Situation völlig ungewohnt war.

„Ich habe ja noch ein paar Wochen, mich an den Gedanken zu gewöhnen, blankziehen zu müssen", seufzte sie. „Habe ich einmal zugesagt, mache ich auch keinen Rückzieher."

Bevor sie wieder nach Hause fuhren, bekam Lynn eine Weinkellerführung vom Chef persönlich und eine Kiste mit verschiedenen süßen Weinen, die sie so mochte. Kosten konnte sie hier leider nicht, eben weil sie noch fahren musste. Sie wählte ganz einfach nach dem Duft ihrer Favoriten und verblüffte Vincenzo, weil diese ausnahmslos Spitzenweine waren.

In den folgenden Tagen besorgte Lynn alle Zutaten für das Weihnachtsessen. Dabei klapperte sie Kaufhallen und kleine Läden ab, bis sie wirklich genau das hatte, was sie haben wollte. Auf einem Bauernhof, ganz in der Nähe, bekam sie sogar eine große Ente, die garantiert im Freiland nach Futter gesucht hatte und auf einem Teich ihre Runden geschwommen war. Frisch geschlachtet und gerupft nahm Lynn den Vogel mit nach Hause. Als sie mit dem Plätzchenteig beginnen wollte, fand sich wie durch Zauberhand Nick ein, der es ganz einfach geahnt hatte, dass es gleich etwas zu naschen gab.

Lynn hielt ihm Raspel und Äpfel hin. „Pass auf die Finger auf!", mahnte sie. Über das völlig verdatterte Gesicht lachte sie nun genau so, wie er bei seinem Vater, als sie rot angelaufen war.

Nick fügte sich in sein Schicksal, weil es sonst ja keinen Teig zum Naschen gegeben hätte. Der schmeckte dann aber so vorzüglich, dass sich doch ein bisschen Stolz regte, mitgeholfen zu haben.

Logisch, dass er sich abends seine Belohnung abholte. Nur waren sie diesmal vorher auf einem Empfang gewesen und Lynn hatte ganz tief in den Fundus ihrer Edelklamotten gegriffen, die sie wirklich nur zu außergewöhnlichen Anlässen trug. Nick war der Unterkiefer bis auf die Schuhspitzen geklappt, als sie die Tür öffnete. Zu einem feuerroten hautengen Kleid trug sie gleichfarbige Highheels. Die kunstvolle Hochsteckfrisur und den dezenten Lidschatten bemerkte er erst ein paar Sekunden später. Dem Taxifahrer, der sie zur Veranstaltung fahren sollte, ging es wohl ähnlich, denn dessen Augen wurden bei Lynns Erscheinen groß wie Wagenräder.

In diesem Augenblick begann in Nick ein Entschluss zu reifen, den er dringend mit seinem Vater besprechen musste. Aber erst einmal bemühte er sich fast drei Stunden lang, die männliche Konkurrenz auf Abstand zu halten. Ein mühevolles Unterfangen, denn die umschwärmte Lynn wie abends Motten eine Straßenlaterne. Und Lynn amüsierte sich prächtig – zum Einen über die netten Unterhaltungen und zum Anderen über Nicks möglichst unauffällige Bemühungen, diese auf ein Minimum zu reduzieren. Damit, dass er eifersüchtig werden könnte, hatte sie gar nicht gerechnet.

Als sie ihn zu Hause darauf ansprach, reagierte er schockiert. „Es tut mir leid, wenn ich dir den Abend verdorben habe." Der Entschluss, den er gefasst hatte, wuchs wieder ein Stückchen.

Lynn lehnte im Rahmen ihrer offenen Wohnungstür, streifte sich die Highheels von den Füßen. „Furchtbare Pantoffeln! Wie man sowas auf Dauer tragen kann, unbegreiflich!"

Nick nahm Lynn auf die Arme, zog die Tür ins Schloss und steuerte das Schlafzimmer an.

„Mach mir den Werwolf", hauchte sie, worauf Nick das typische Heulen von sich gab. Die Schuhe ließ Lynn neben dem Bett auf den Teppich fallen, die übrige Kleidung folgte, dann die Haarkämmchen. Als sie ihren Schmuck ablegen wollte, bat Nick: „Lass ihn um. Ich brauch das heute. Am liebsten möchte ich deine Schranktüren verspiegeln", raunte er, ihr zärtlich ins Genick beißend, weil der Wolf seine Beute heute besonders festhalten wollte. Durch Zufall war auch der zarte rote Spitzenslip wieder an einem der Schuhe hängengeblieben und heizte ihm im Licht der winzigen Spotlämpchen doppelt ein.

Lynn warf sich schließlich auf den Rücken. „Bekehre mich zu dem Glauben, die verspiegelten Türen unbedingt haben zu müssen." Nick sollte mindestens genau so viel Spaß haben wie sie. „Nur mit Reiten wird heute nichts", schmunzelte sie, „da falle ich vom Pferd."

„Trotz Einrasthilfe?", grinste Nick.

Im nächsten Moment lagen sie sich einfach nur lachend in den Armen und Nick stellte fest, dass die Treppe zu seiner Wohnung viel zu steil und zu lang sei, und er deshalb um Nachtasyl bitte, was sofort gewährt wurde.

Am nächsten Morgen wurde Lynn von Kaffeeduft geweckt. Nick stand mit der Tageszeitung in der Tür und wedelte ihn gezielt zu ihr. Sie sprang auf, eilte zur Duschkabine und hauchte ihm auf dem Weg dahin einen Kuss auf die Wange. „Bin sofort wieder da!"

Sie brauchte für komplette Körperpflege und Anziehen gerade mal sieben Minuten, die er durchaus als *sofort* durchgehen ließ.

„Was gibt es Neues?", fragte sie, auf die Zeitung deutend.

„Ich hab noch gar nicht reingeschaut", erwiderte Nick. Er legte das Blatt auch erst auf den Tisch, als nach dem Essen nur noch die großen Kaffeepötte darauf standen. Auf Seite drei prangte ein Bild, das fast ein Viertel des verfügbaren Platzes einnahm und sie beide als Glamourpaar darstellte. Darunter stand: Nick Ferettis charmante Begleiterin – das Glanzlicht des Abends. Die Wollmaus ist alles andere als grau.

Nick verschlang den Artikel regelrecht und übersetzte gleichzeitig für Lynn. „Eine grandiosere Werbung können wir uns nicht wünschen!

Und ich hätte es aus Eifersucht fast noch vermasselt."

„Ich habe es genossen, wie du die Konkurrenz
kurz gehalten hast", schmunzelte sie. „Dass nun
alle am Rätseln sind, ob da noch mehr läuft,
übrigens auch. Zumal es inzwischen ein offenes
Geheimnis ist, dass deine Ehe annulliert wurde."

„Das erinnert mich gleich wieder daran, dass
ich dringend meinen Vater anrufen muss", sagte
Nick.

Das tat er auch sofort, als er in seinem
Arbeitszimmer ankam. Da hatte Vater Tozzi
ebenfalls schon Zeitungsschau gehalten und so
rannte Nick mit seinem Vorschlag weit offene
Türen ein. Beide waren auf Lynns Reaktionen
gespannt, wenn sie in ein paar Tagen ihre Weih-
nachtsgeschenke auspacken werde. Vincenzo
konnte sich ein vergnügtes Grinsen nicht verkneifen, als Nick reumütig gestand, wegen der
vielen interessierten Blicke der Herren fast einen
Herzkasper bekommen und tatsächlich Verlust-
ängste gespürt zu haben.

„Erdrück sie bloß nicht mit Liebe!", mahnte
Vater Tozzi erneut und Nick versprach, sich
daran zu halten.

Damit alle den gleichen Spaß am Fest der
Liebe hatten, war ausgemacht, die Geschenke
am ersten Feiertag unter den Baum in Nicks
Wohnung zu legen, wenn auch alle beisammen
waren.

Für den Heiligabend hatte Nick nicht vergessen, die weihnachtlichen Zipfelmützen zu besorgen. Aus Lynns Wohnung duftete es schon wieder den ganzen Tag nach Gebäck. Und dann auch nach etwas Leckerem, Gebratenem, das er nicht identifizieren konnte, ihm aber schon für abends das Wasser im Mund zusammenlaufen ließ. Denn er war felsenfest überzeugt, dass sie es fürs gemeinsame Essen vorbereitet haben musste.

Im Augenblick häuften sich bei beiden die Bestellungen, sodass sie intensiv arbeiteten, wollten sie alles pünktlich liefern. Lynn hatte sich vorgenommen, wirklich nur zu normalen Zeiten für das Geschäft zu wirbeln und abends, wie an Wochenenden, ausschließlich private Dinge zu fertigen. So kam es natürlich, dass Nick bis in den frühen Nachmittag seinen neuen Auftrag bearbeitete, Lynn hingegen ausnahmslos in der Küche werkelte, um die Gaumenfreuden vorzubereiten, wie jede andere Frau mit vollem Haus an den Feiertagen. Sie hatte Weihnachten noch nie so intensiv gespürt, wie in diesem Jahr. Alles war neu und auch wunderschön. Dafür lohnte es sich, Zeit und Herzblut zu investieren.

Als Nick Feierabend signalisierte, trug Lynn die kleine Geflügelpfanne und ein Töpfchen, das darauf stand, die Treppe hinauf. „Ich muss es kurz aufwärmen", erklärte sie, schon einmal den Tisch deckend.

Nick konnte sich noch immer keinen Reim auf den Duft machen, der sofort wieder seinen Appetit anregte. Als Lynn austeilte, wurden seine Augen groß. „Rinderrouladen! Du hast doch sicher wieder ein ganz spezielles Rezept!"

„Volle Punktzahl", kicherte Lynn. „Ich hoffe, sie schmecken dir."

Und das taten sie! Nick lobte auch die Soße, die er so bestimmt noch nicht gegessen hatte. Als sie ihm die drei Hauptzutaten verriet, wollte er es kaum glauben. „Das ist alles?!"

„Fast. Pfeffer und Salz müssen natürlich auch ans Fleisch, dann wird es bestrichen, belegt, zusammengerollt, in Margarine angebraten und der Bratenfonds immer wieder mit Wasser aufgefüllt. Aber ich verwende eben ganz speziellen Senf und nehme als Beilage nur eine ganz bestimmte Rotkrautkonserve."

„Lecker." Nick zerdrückte das letzte Stück Kartoffel in der Soße, um keinen Tropfen zu vergeuden. „Wir sollten dringend über ein Haushaltsgeld reden, damit du wenigstens die Unkosten erstattet bekommst!", schlug Nick vor.

„Wie?", fragte Lynn verblüfft, weil Nick oft genug den kompletten Einkauf bezahlte, egal, worum es sich handelte.

„Du hast richtig gehört. Ich esse mich laufend auf deine Kosten durch, da muss was passieren. Ich weise dir ein monatliches Geld an und keine Widerrede."

Lynn zog den Kopf ein. „Ja, Papa."

Nick drohte ihr lachend mit dem Finger. Sie kochte Kaffee, wenn Geschäftspartner kamen, sie räumte hinterher auf und sie kümmerte sich darum, das Geschirr aus dem Spüler wieder in die Schränke zu sortieren. Alles Dinge, die sie neben ihrer eigenen Arbeit mit verrichtete und niemals murrte. Und Benzin gab es auch nirgends kostenlos, um die Materialeinkäufe nach Hause zu bringen.

Nick zog die Zipfelmützen aus der Schublade.

„Du hast das wirklich ernst gemeint?!", lachte Lynn und probierte die mit den blinkenden LED Weihnachtsmännern am Rand auf. Sie passte. Nick setzte jene mit der leuchtenden Bommel auf.

„Ho, ho, ho! Hast du auch immer brav deine Pille genommen, sonst hast du später die Bescherung", sagte Nick mit tiefer Stimme, während er sich die Serviette als Rauschebart unters Kinn hielt.

Lynn grinste schelmisch. „Ich dachte immer, wer im März zu Ostern mit den Eiern spielt, hat zu Weihnachten die Bescherung." Sie ließ ihre Hand vom Serviettenbart ganz langsam auf seinen Schoß wandern.

„Mit den Eiern spielen, klingt gut", meinte nun auch Nick, der Weihnachtsmann. „Wir können sie ja heute ausnahmsweise in Weihnachtskugeln umbenennen." Er begann gemächlich, wie sich halt ein Weihnachtsmann bewegen muss, Lynn auszuziehen.

Dann mutierte er wohl plötzlich zum quirligen Weihnachtswichtel, denn er schnappte sie und eilte mit ihr ins Schlafzimmer, um im Eiltempo fortzufahren. Nur beider Zipfelmützen blieben auf dem Kopf. Wenn schon, dann mit allen Konsequenzen, auch wenn sie immer wieder über den Anblick schmunzeln mussten und die Zipfel hin und wieder da auftauchten, wo sie nichts zu suchen hatten.

„Es gibt keinen Erschwerniszuschlag", lachte Lynn. „Du hast es genau so gewollt."

„Das ist jetzt aber hart", murmelte Nick. „Und wie sieht es mit anderen Zuschlägen aus?"

„Ich hätte da das Wölfchen-Spiel als Bonusangebot", gab Lynn mit funkelnden Augen bekannt.

Ein erfreutes Jaulen, dann biss der Werwolf seiner Beute sanft ins Genick und knabberte sich in Stimmung. Als sie sich irgendwann rundum zufrieden unter die Decke kuschelten, fragte Nick: „Kannst du dir vorstellen, was passiert wäre, hätte ich Rentiergeweihe aus Stoff und rote Rudolph-Nasen mitgebracht?"

„Aber sicher kann ich das!", grinste Lynn. „Ich hätte dich mit einem Ballen Heu im Bad eingeschlossen, bis der Anfall vorüber gewesen wäre." Sie schmiegte sich in seine Arme, schloss die Augen und schlief im nächsten Moment ein.

Schmunzelnd löschte Nick die Spotlichter, hauchte Lynn einen Kuss auf die Schulter, um fast genau so schnell wie sie wegzudämmern.

Dass sie immer noch die Zipfelmützen trugen, sorgte am nächsten Morgen für amüsiertes Grinsen. Lynn fragte nach, ob Nick nun auch noch auf ein durchgeknöpftes langes Nachthemd umsteigen wolle.

„Na ja, wenn es kleidsam ist, kann man es schon mal versuchen", schmunzelte er.

„Apropos kleidsam – wir sollten zusehen, dass wir uns anziehen", mahnte Lynn, „dein Vater dürfte bald vor der Tür stehen."

Um sich nicht gegenseitig im Bad zu behindern, stieg Lynn in ihre Wohnung hinunter und schickte kurz darauf Nick die Nachricht, dass der Kaffee fertig sein. Er erschien wenige Augenblicke später, erfreut, nicht nur Kaffee, sondern auch frisch aufgebackene Brötchen vorzufinden.

Als Vincenzo klingelte, hatten sie gerade den Tisch abgeräumt und Nick fuhr mit zur Tiefgarage. Lynn nutzte die Zeit, sich umzuziehen, weil sie gleich gemeinsam in die Kirche gehen wollten. Sie wählte die Kleidung mit Bedacht – eine hellgraue Seidenbluse zum dunklen Pfeffer-und-Salz Kostüm und darüber ein schwarzer Mantel. Silberne Spangen hielten das hochfrisierte Haar. Kleingeld für die Wachslichter steckte in der Manteltasche.

Vincenzo begrüßte Lynn mit einer festen Umarmung und dem aus dem Herzen kommenden Kompliment: „Du siehst umwerfend aus!"

Nicks Augen sagten dasselbe. Sie hatte ihn wieder einmal überrascht, denn das Kostüm kannte er noch gar nicht, genau wie den Mantel.

„Ich habe beides nur ein Mal getragen. Auf der Beerdigung meiner Eltern", erklärte sie lächelnd. „Aber ich finde, heute ist der richtige Anlass, es wieder zu tun."

Auf dem Weg zur Kirche waren sie nicht allein. Einige Nachbarn schlossen sich an und fragten nach dem Wohlbefinden aller drei. Man rechnete es Lynn und Nick hoch an, wenigstens zu den Feiertagen den Weg dahin zu gehen, wo mach junges Volk schon gar kein Interesse mehr zeigte.

Lynn beobachtete das Ritual, wie die Männer ihre Kerzen anzündeten, und machte es genau so. Erstaunt registrierten die beiden, dass Lynn drei Lichter entzündete und dann mit geschlossenen Augen auf einer der Bänke saß, um in stiller Trauer der Dahingeschiedenen zu gedenken. Sie nahm sich natürlich auch die Zeit, die Kirche eingehend von innen zu betrachten, wobei ihr Nick flüsternd die geschichtlichen Details nahebrachte. Sein immenses Wissen über so beinahe alles im und am See beeindruckte sie immer wieder. Auch Vincenzo lauschte seinen Worten. Auf dem Nachhauseweg fragte Nick schließlich nach dem dritten Licht.

„Das ist für deine Mum", verriet Lynn mit einem warmherzigen Lächeln. Vincenzo schaute genauso freudig überrascht wie sein Sohn.

Kurz vor dem Haus trafen sie mit Rosanna und Massimo zusammen, die sich sehr auf die gemeinsamen Stunden freuten. Dass beide die Nase hoben und schon jetzt schnupperten, war zu erwarten gewesen, denn es schwebte sowohl Plätzchenduft als auch ein Hauch der vorgebratenen Ente in der Luft. Lynn zog nur die Kostümjacke aus, band sich eine Schürze um, und nutzte Nicks bisher meist sinnlos herumstehenden Küchenmaschinen, um die Kartoffeln zu reiben und die Klöße zu formen.

„Endlich kann die Hightech-Küche zeigen, ob sie wirklich was drauf hat", witzelte Massimo.

Rosanna hielt es nicht lange in der Sitzecke. Sie musste einfach in der Küche helfen und kiebitzen, wie es Lynn lachend nannte. „Männer auf Sofa besser!", rief Rosanna und expedierte Nick aus der Küche. „Frauen in Küche besser." Dann legte sie sofort mit Hand an und beobachtete mit Argusaugen, welche Gewürze und Zutaten Lynn verwendete. „Oh, riecht so gut!", seufzte sie, als Lynn noch einmal die nun aufgedeckte Ente übergoss, um die Haut knusprig werden zu lassen.

Rosanna schnappte sich die Geflügelschere. „Ist was drin?"

„Ja, sie ist gefüllt", erwiderte Lynn. „Zwiebel, Apfel, Kräuter."

Also ging Rosanna sehr vorsichtig ans Werk. Lynn fischte die Klöße aus dem Wasser, richtete die Teller an und tafelte gemeinsam mit Rosanna auf. Nick zündete die Kerzen an und ließ ganz leise Lynns CD mit vorwiegend deutschen Weihnachtsliedern laufen. Vincenzos Augen glänzten fast wie bei einem Kind. Er hatte seit Jahren kein so familiäres Fest mehr erlebt. Die letzten beiden Jahre hatten er und Nick wegen Medea auch nur miteinander telefoniert, um sich frohe Weihnachten zu wünschen.

Zum Nachtisch hatte Lynn Schlumpfeis der besonderen Art kreiert, indem sie selbstgemachte Vanilleeismasse in Weihnachtswichtelformen aus Silikon erstarren lassen ließ und nun das Ganze mit je einem gut gekühlten Glas Curacao übergoss. Garniert war es mit Katzenzungen aus Schokolade, da Kater Azrael nicht fehlen durfte. Dass sie damit wieder besondere Heiterkeit auslöste, verstand sich fast von selbst.

Bescherung sollte noch vor dem Kaffeetrinken sein und Vincenzo mimte freiwillig den Weihnachtsmann, um große und kleine Päckchen an den Mann oder die Frau zu bringen. Um die Spannung zu erhöhen, hatten alle ihre Gaben in den Sack unterm Tannenbaum gesteckt, sodass jeder neugierig war, was wohl gleich auftauchen werde. Drei ziemlich große schön verpackte Kartons erregten besonderes Interesse und mussten als Erste hervorgeholt werden, weil Vincenzo sonst nur schwer an die kleineren

Geschenke kam. Das erste war für Rosanna und Massimo, das zweite für Nick und das dritte große Paket für ihn selber. Obwohl kein Absender darauf stand, sahen alle sofort Lynn an, für die keins dieser Größe dabei gewesen war.

Die schaute schulterzuckend in die Runde. „Ich habe keine Ahnung. Wer weiß schon, was sich der Weihnachtsmann dabei gedacht hat?"

„Ah, ja!", schmunzelte Massimo. „Na, wir werden dann schon herausfinden, was es ist und wer es verpackt hat."

Man wollte nämlich warten, bis der Sack leer war und gleichzeitig die Geheimnisse lüften. Es folgten kleine und große Gaben, die mal diese mal jenen trafen und die Neugier wuchs. Schließlich faltete der Weihnachtsmann den leeren Sack zusammen und gab damit den Startschuss zum Aufpacken. Und alle stürzten sich zuerst auf die größten Kartons, weil sich wirklich keiner vorstellen konnte, was wohl darin sein mochte.

Rosanna erspähte zuerst, was sich unter dem bunten Papier verborgen hielt: „Ich weiß es, ich weiß es!", jubelte sie, Lynn um den Hals fallend, während Massimo vorsichtig die Lasche des Kartons öffnete.

Wenig später standen drei gleich große, aber völlig unterschiedlich aussehene handgearbeitete Weihnachtspyramiden aus Deutschland auf dem Tisch, welche die vier Italiener bestaunten.

„Die müssen doch ein Vermögen gekostet haben!", murmelte Vincenzo kopfschüttelnd.

Lynn freute sich diebisch, dass ihr Plan funktioniert und sie voll ins Schwarze getroffen hatte. Denn so etwas war bei keinem von ihnen im Besitz gewesen. Ihr erstes Päckchen hatte eine neue seltene Orchidee enthalten, über die sie genau so in Jubelstürme ausgebrochen war. Nur konnte sie den edlen Spender nicht zuordnen. Es kam eigentlich jeder infrage und alle vier grinsten breit. Ihr kleinstes Päckchen war zugleich auch das schwerste und diesmal schienen Nick und Vincenzo besonderes Interesse zu zeigen.

Unter dem Papier kam ein Holzkästchen zum Vorschein, das an eine Schatztruhe erinnerte. Lynn öffnete den kleinen Haken, klappte den Deckel auf und erstarrte. „Oh, mein Gott", flüsterte sie kopfschüttelnd. „Wenn etwas ein Vermögen wert ist, dann das." Mit Tränen in den Augen drückte sie Vincenzos Hand, dann warf sie sich an Nicks Brust.

Vater und Sohn grinsten sich vergnügt an, während diesmal Rosanna und Massimo neugierig schauten. Als sich Lynn etwas beruhigt hatte, hob sie das Samtkissen heraus, als habe sie Angst, das, was darauf lag, durch eine Berührung zu zerstören – ein breites Brillantcollier und ein Armband, genau so gearbeitet, wie der Ring, den sie trug. Alles aus Weißgold und ganz sicher aus dem Familienschatz der Tozzi stammend.

„Ich erinnere mich wieder, dass Mutter früher sogar manchmal dazu passende Ohrringe trug", murmelte Nick. „Dann ging einer verloren und sie war untröstlich, weil die Anfertigung mehr gekostet hätte, als das ganze Set zusammen."

Vincenzo fasste in seine Brusttasche. „Ich habe den einsamen kleinen Ohrring natürlich all die Jahre aufbewahrt."

Nick seufzte bei den Erinnerungen an seiner Mutter.

„Und er hat kürzlich ein Brüderchen bekommen", sprach Vincenzo weiter, einen identischen Ohrring aus der Tasche holend. „Die beiden haben mich in den letzten Tagen so gebettelt, nicht allein bleiben zu müssen, dass ich ihnen versprochen habe, sie mit ihren Freunden wiederzuvereinen." Er legte die Schmuckstücke mit auf das Samtpolster.

Nick starrte mit weit aufgerissenen Augen die Ohrringe an. Lynn, noch immer Freudentränen wegwischend, fiel seinem Vater mit wahren Sturzbächen davon um den Hals.

„Na, na, na, du wirst uns noch ertränken", schmunzelte er, absolut zufrieden, dass er sowohl Lynn als auch Nick völlig überrumpelt hatte. Es war am Morgen in der Kirche so wohltuend für ihn gewesen, dass auch Lynn für seine verstorbene Frau ein Licht entzündet hatte. Nachdem, was Nick alles Gutes durch Lynn widerfahren war, hatte er bei Eingang eines seriösen Angebots nicht eine Sekunde gezögert, den fehlenden Ohrring anfertigen zu lassen, weil ihm Nicks Leben einfach mehr wert war, als nur ein Dankeschön. Zudem glaubte Vincenzo an Zeichen. Lynns Kerze zierte eine so makellose Flamme, dass er hineininterpretieren musste, seine verstorbene Frau habe nicht dagegen, Lynn durch jenes Geschenk Dankbarkeit zu zeigen.

„Dazu das rote Kleid von dem Zeitungsbild und du bist die Königin auf allen Empfängen", flüsterte Rosanna regelrecht ergriffen.

„Genau das hat mich auf die Idee mit dem Schmuck gebracht", erklärte Nick im Brustton der Überzeugung.

Vater Tozzi lächelte breit. „In dem Moment, als mir Nick sein Vorhaben erklärte, habe ich begonnen, nach einem Juwelier zu suchen, der mir nicht den Preis für eine ganze Diamantmine samt Arbeitern aufdrücken will. Ich habe am Ende sogar gefragt, ob ich für den veranschlagten Betrag auch wirklich echte Steine bekomme."

„Italiener und ihre Übertreibungen", sagte Nick mit Grabesstimme, worauf allgemeines Gelächter ausbrach.

Kurz vor der Kaffeezeit verschwand Lynn in ihre Wohnung. „Bin gleich wieder da! Lasst bitte die Tür weit offen!"

„Die Plätzchen stehen doch schon in der Küche", murmelte Nick irritiert.

Da tauchte Lynn mit zwei großen Kartons auf. „Lieferservice, Stollen aus Deutschland!", rief sie.

„Wow!" Nick sprang auf, um ihr zu helfen.

Die anderen rieben sich die Hände. Lynn hatte wirklich keine Mühen gescheut, das Weihnachtsfest zu einem Schlemmerfest der Extraklasse zu machen.

„Oh Mann! Ich weiß gar nicht, wo ich dann anfangen soll!", rief Vincenzo. „Ich mag die Apfelplätzchen genau so sehr, wie den Stollen!"

Rosinenstollen oder lieber Marzipan? Rosanna zählte an den Fingern ab. Lynn schnitt zwei Scheiben durch und legte ihr kurzerhand von beiden etwas zum Testen auf den Teller. Massimo reservierte sich sofort die anderen Hälften, sodass Lynn gleich alles halbierte und jeder nach Herzenslust naschen konnte.

„An diese Art zu feiern, könnte ich mich gewöhnen", seufzte Vincenzo, Nick rieb seinen Bauch und die beiden Wirtsleute äugten nach den Apfelplätzchen.

„Ich packe euch dann ein Tütchen voll", schmunzelte Lynn.

Zu vorgerückter Stunde, beim Abendbrot mit Schnittchen und Salaten wurde gleich noch über die Silvesterparty gesprochen. Die, wie in jedem Jahr, bei Massimo steigen sollte, und die Nick im letzten Jahr entgangen war, weil ihn da wohl

Medea, alias Mario Bianchi, komplett unter Drogen gesetzt hatte, damit er das Haus nicht verlassen konnte. Für dieses Jahr hatte sich Nick natürlich schon um die Karten gekümmert und Lynn freute sich riesig darauf, mit all seinen Freunden ins neue Jahr zu feiern.

Vincenzo wühlte im Handykalender und fragte schließlich: „Habt ihr noch ein Stühlchen für mich? Ich würde gegen 22 Uhr kommen. Da sind die anderen schon so betrunken, dass es nicht auffällt, wenn ich mich vom Unternehmerball loseise. Der ist, wie immer, in Peschiera und von da ist es ja nicht weit mit dem Taxi."

„Für Sie habe ich immer Platz!", rief Massimo.

„Na endlich kommst du auch wieder aus deinem Schneckenhaus!" Nick hob den Daumen. Nach dem Tod seiner Mutter hatte sich Vater restlos von allem zurückgezogen, was auch nur annähernd nach Geselligkeit außerhalb des Geschäftsprotokolls anmutete. Selbst Kinobesuche waren komplett ausgefallen. Dann die Sache mit Medea …

Vincenzo blinzelte. „Ich habe schon lange nicht mehr so gelacht, wie in den letzten Wochen. Um es nicht wieder zu verlernen, möchte ich mich da einklinken, wo ich nicht wirklich störe."

„Das machst du richtig", schmunzelte Nick.

Gemeinsame Projekte

Am letzten Abend des Jahres waren es rund 60 Personen, die dem Lokal entgegenstrebten. Lynn und Nick wurden überschwänglich von dessen vier Freunden und deren Frauen begrüßt. Jeder wollte wissen, wie es ihnen ging und was es an Neuigkeiten gäbe. Sie konnten schließlich nicht umhin, noch einmal ganz detailliert und von Anfang an zu erzählen, wie es dazu gekommen war, Medea genauer unter die Lupe zu nehmen. Und was danach alles geschehen war, von dem Klatschpresse und Fernsehen keine Kenntnis hatten.

„Hast du Lynn wenigstens gleich einen Antrag gemacht, als du endlich wieder Single warst?", fragte eine der Frauen, beide und speziell Lynns Ring neugierig anschauend.

„Nein. Eben weil ich endlich wieder Single war", erklärte Nick im Brustton der Überzeugung.

„Du warst schon immer ein schlechter Lügner", schmunzelte sein bester Freund. „Ich denke eher, du akzeptierst das Stillhalteabkommen, bis Lynn ihr Leben neu sortiert hat und sicher ist, dass sie dich wirklich haben will."

„Mist. Ich sollte Schauspielunterricht nehmen", grinste Nick unter dem Gelächter der Versammelten.

Sein Freund knuffte ihn fröhlich in den Arm. „Bin ich glücklich, dass du endlich wieder der

Alte bist! Ihr habt aber noch immer nicht verraten, warum wir elf Stühle am Tisch stehen haben."

„Weil noch ein Überraschungsgast kommt", blinzelte Lynn.

„Den ihr sicher mögen werdet", fügte Nick hinzu.

Der Gast war dann für alle Uneingeweihten wirklich eine Überraschung, weil er sich seit Jahren zurückgezogen hatte. Auf der Party, die Nick gegeben hatte, als seine Scheinehe annulliert worden war, hatte er sich sehr zurückgehalten, wie man es bisher eben von ihm gewohnt gewesen war. Nun staunten alle, dass er Lynn wie eine Tochter umarmte und sich die beiden duzten.

„Der Papa scheint schon seinen Segen für eine spätere Verbindung gegeben zu haben", grinste einer und Vincenzo nickte begeistert.

Er kannte zwei der Freunde seines Sohnes von klein auf, die anderen seit dessen Studium. Sonst hätte er sich bestimmt nicht entschlossen, mit ihnen Silvester zu feiern. Da er neben Lynn saß, verriet er beim Übersetzen ins Englische immer auch ein bisschen Insiderwissen über die betreffenden Personen, wenn sich die anderen angeregt italienisch unterhielten. Lynn war ihm sehr dankbar dafür. So wusste sie recht schnell, dass sie am Tisch die einzige Frau war, die einem Job nachging.

Nicks bester Freund, Andrea, war Herr über zwei Hotelburgen und hatte in eine alte Adelsfamilie eingeheiratet. Er residierte in einem wundervollen mittelalterlichen Anwesen in Malcesine. Nick verriet ihm, dass die Bausubstanz von Lynns Wohnung auf deren Wunsch erhalten worden war und wie wohl auch er sich fühlte, wenn er bei ihr zu Besuch war. Daraufhin holte Andrea das Smartphone aus der Tasche, um Lynn einige Bilder seines Domizils zu zeigen.

„Wundervoll", sagte sie. „Licht und Schatten perfekt vereint."

Nick horchte auf. „Stopp! Darf ich mal schauen? Das ist es!"

Ein paar Minuten später gab Andrea seine Zustimmung, Aufnahmen für den Aktkalender zu machen. „Ich will aber auch einen haben!", forderte er breit grinsend.

„Aber gerne doch", versprach Nick. „Darf ich die Location nennen?"

Diesmal sagte Andrea: „Aber gerne doch!" Ein bisschen Publicity war immer gut, besonders dann, wenn sie von Feretti kam. Plötzlich stutzte er, schaute Lynn groß an und erklärte: „Jetzt weiß ich, wo ich dein Gesicht auch schon mal gesehen habe! Einer meiner gutbetuchten Übernachtungskunden hat ein Bild von Feretti im Wohnzimmer hängen, das er vor ein paar Wochen gekauft hat."

Lynn zuckte freudig erschreckt zusammen. „Er hat den Sukkubus? Den, wo im Hintergrund der Wolf die ganze Fläche einnimmt?"

„Ja! Genau so sieht das Bild aus. Hab ich mich also doch nicht geirrt!" Dann schmunzelte er. „Bei euch muss es ja ziemlich heiß hergehen."

„Man gönnt sich doch sonst nichts", erwiderte Nick, genüsslich lächelnd.

Lynn wurde feuerrot. Vincenzo feixte sich eins. Er hatte die Fotos von der großen Zeichnung gesehen und ähnliche Gedanken gehabt. Er wunderte sich also auch nicht, dass ihm Nick am Morgen seine ganze Wohnung zum Ausschlafen überließ und sich bei Lynn einquartierte. Das neue Jahr mit Kuschelsex zu beginnen, lag beiden sehr am Herzen, ehe sie eng aneinandergeschmiegt einschlummerten. Für mehr waren beide viel zu müde. Das konnte man abends nachholen.

Am Vormittag waren sie putzmunter, beschlossen, ein einfaches Mittagessen vorzubereiten, und schlichen auf Zehenspitzen in Nicks Küche. Mit dem Öffnen der Tür war Schluss mit Schleichen.

„Ich habe Kaffee angesetzt. Wollt ihr auch welchen?", schallte es ihnen entgegen.

„Kaffee geht immer", schmunzelte Nick. „Dafür gibt es dann gleich ein Häppchen zu Mittag."

„Am liebsten würde ich euch einen kleinen Kulturschock verpassen", witzelte Lynn, „Spaghetti, wie ich sie am liebsten esse."

„Dann mach mal!", forderte Vincenzo. „In Anbetracht des Weihnachtsessens bin ich neugierig."

Lynn eilte noch einmal in ihre Wohnung, um mit den nötigen Zutaten wiederzukommen, die Nick keinesfalls im Haus hatte.

„Oha", sagte Vincenzo, beim Anblick von Edamer und Ketchup.

„Du hast es so gewollt!", rief Lynn. Nick zuckte scheinbar hilflos mit den Schultern.

Als das Essen auf dem Tisch stand, testete Vincenzo an. „Hmm, gar nicht so übel. Auf alle Fälle mal eine völlig neue Geschmacksrichtung." Nun häufte er sich auch mehr Käse auf die Spaghetti und mischte ordentlich Ketchup unter.

„Den lasse ich mir aus Deutschland schicken", verriet Lynn, als er das Etikett der Flasche studierte. „Es gibt einige, wenige Dinge, auf die ich einfach nicht verzichten möchte. Genau dieser Ketchup gehört zu ihnen."

„Es möge dir vergeben sein", kicherte Vincenzo fröhlich.

Nick grinste in sich hinein. Wenn Vater, ohne zu murren, von der Tradition abließ, dann musste es ihm wirklich schmecken. Als Krönung erbot er sich sogar, eine Kiste über den Großhandel zu besorgen, die man sich doch teilen konnte. Lynn nahm den Vorschlag begeistert an.

Nick hatte sich bis jetzt gar nicht getraut, seinem Vater zu erzählen, dass er Überbackenes nun auch lieber mit Butterkäse aß, als mit Mozzarella. Wobei Lynn die übrigen Zutaten durchaus italienisch mischte. Die Gesamtkomposition machte aber die Musik.

„Im Juni ist wieder Unternehmerball", erzählte Vincenzo soeben. „Ihr kommt doch mit?"

„Machen wir!", versprach Nick, nachdem er sich mit Lynn abgestimmt hatte.

Sie freute sich aufrichtig über die Einladung, denn die Silvesterparty war grandios gewesen. Sie hatten die ganze Nacht getanzt, gelacht, gefeiert und auch schon mit Nicks Freunden ausgemacht, hin und wieder etwas gemeinsam zu starten, denn Lynn war von dessen Freunden wirklich wohlwollend in den Kreis aufgenommen worden.

Lynn und Nick hatten gleich noch Bestellungen angenommen, die Nick sofort für beide in sein Handy notierte, um bloß nichts zu vergessen.

„Und wieder fühle ich mich ein bisschen heimischer!", strahlte Lynn. „Wir Frauen wollen uns alle zwei Monate treffen, um gemeinsam Handarbeiten zu machen und zu schnattern."

Nick nahm das sofort zum Anlass, die Männer zu kontaktieren, ob man nicht gleichzeitig auch gesellig beisammen sitzen könne, ohne die Frauen einzuschränken.

„Passt!", lachte er, als alle in wenigen Minuten ihre Begeisterung für die Idee kundtaten. „Womit das Hin-und-Wieder fest Konturen bekommt."

Als im Frühjahr die ersten wirklich warmen Tage anbrachen, fuhren sie gleich morgens mit dem Boot nach Malcesine, um auf Andreas traumhaftem Adelssitz erste Fotos für den Kalender zu machen. Durch die hohen Mauern vor neugierigen Blicken geschützt, konnte man ziemlich ungezwungen agieren. Selbst vom Turm der Scaliger-Burg aus, war der Garten nicht einzusehen. Bestenfalls aus den Fenstern des Wohnhauses konnte jemand spannen.

Aber Nick fand zielsicher Stellen, wo sogar das unmöglich war. So wählte er die Freitreppe vor dem Haus, deren Geländer aus Sandstein-säulen geformt war, die einer schlanken Eieruhr nicht unähnlich sahen. Zwischen diesen wollte er Lynn so fotografieren, dass mittig nur die Ansätze der Brüste sehen waren und weiter unten eben, aber schon geheimnisvoll im Schatten liegend, Venus' Reich. Lynn legte das Wickelkleid ab, unter dem sie praktischerweise gleich nackt war. Nick machte etwa 20 Aufnahmen aus verschiedenen Perspektiven, die er auch nach diesem Shooting sofort Lynn zeigte.

„Oh. Das sieht wirklich gut aus", lobte sie. „Ich bin echt überrascht."

„Na siehst du! Die anderen Bilder werden genauso mystisch sein. Unser Kalender wird sicher ein Erfolg werden." Er steuerte schon den nächsten Schauplatz an – zwei blühende Oleander.

Am Ende hatten sie zehn komplette Bildserien im Kasten, wobei es Lynn beim Abschied wieder einmal nicht schaffte, einen Hauch Röte zu vermeiden, der ihr plötzlich ins Gesicht stieg.

Andrea blinzelte Nick fröhlich zu. „Pass gut auf sie auf. Sie ist etwas Besonderes." Lynn wurde wieder einmal feuerrot.

„Er hat recht", schmunzelte Nick, als sie im Boot saßen. Und ganz plötzlich fiel ihm ein, dass er ja noch unter der Dusche Bilder machen wollte. Er wunderte sich, dass Lynn für heute nichts dagegen hatte.

„Da weiß ich genau, welches Publikum dabei ist", erklärte sie, sich an ihn schmiegend. „Ich bin aber jetzt ein kleiner Erpresser – die Fotoerlaubnis gilt nur, wenn du die lange Tour nach Hause fährst."

„Das hast du dir bei dem wundervollen Wetter auch verdient", erwiderte Nick, das Boot besonders weit auf den See hinaus steuernd. Dann tuckerten sie mit sehr niedriger Geschwindigkeit übers Wasser, damit Lynn den Ausflug mit allen Sinnen genießen konnte.

Nick musste schmunzeln, als sie ihre geliebte Pocketkamera zückte. Er hatte nicht einmal gemerkt, dass sie diese mitgenommen hatte. Der Himmel war makellos blau und der See nicht minder, weil er die Farbe fast perfekt spiegelte.

„Weißt du, wo ich jetzt sein möchte?", fragte Lynn und beantwortete es gleich selber. „In den Gärten von Saint Martin."

„Vielleicht sollten wir für den Mai ganz einfach drei Wochen Urlaub planen", schlug Nick vor. „Wir fahren mit einer Übernachtung bis Cannes und auf dem Rückweg machen wir überall zwei Tage Stopp, wo es uns gefallen könnte. Ich zahle!", rief er noch, als Lynn gerade tief einatmen wollte. „Ich habe es doch fest versprochen, mit dir zu reisen und Neues zu entdecken. Nennen wir es einfach Arbeitsurlaub, weil wir ja doch beide stets auf der Jagd nach Ideen und Material sind."

„Einverstanden!", jubelte Lynn, ihm freudig um den Hals fallend.

Sie checkten und buchten sogar noch am Nachmittag die Hotels auf der bevorzugten Strecke, um ihre Reise genießen zu können. Nick hatte nicht verraten, dass er die meisten Hotels kannte, weil die Besitzer Bilder von ihm gekauft hatten, als die Medien vor drei Jahren einen regelrechten Feretti-Hype provozierten, der ihn schließlich auch in die USA geführt hatte. Und dieser Hype garantierte nun, dass es ein Liebesurlaub der besonderen Art wurde.

Hatte Nick sie bis jetzt mit der lokalen High Society bekannt gemacht, führte er sie nun ganz sacht auf das internationale Parkett. Sie trafen eine Menge Leute, deren Identität Lynn meist erst eine Sekunde vor der Begrüßung erfuhr. An reinen Zufall wollte sie schon nach der dritten Begegnung nicht mehr glauben. Aber es machte Spaß, denn die meisten waren sehr angenehme

Gesprächspartner und, trotz dicken Bankkontos, auf dem Teppich geblieben.

Lynn gewöhnte sich auch rasch daran, ihre gemeinsame Geschichte immer wieder erzählen zu müssen, und bewarb schon fleißig das zukünftige Buch Falconettis, in dem diese dann wirklich chronologisch aufgearbeitet sein werde.

Am fünften Tag rief Falconetti bei Nick an, um zu hinterfragen, warum plötzlich ein Buch in erstaunlichen Stückzahlen bei ihm vorbestellt werde, das es noch gar nicht gab, aber deshalb nun gleich in mehreren Sprachen erscheinen sollte.

„Frau Wolff ist das Werbegenie", erklärte Nick und gab das Smartphone an Lynn weiter, weil sich Falconetti persönlich bedanken wollte. Als er das Gerät wieder einsteckte, zog er Lynn an seine Schulter. „Er wird sich dafür auf ähnliche Weise revanchieren. Wundere dich also nicht, wenn die Wollmaus vielleicht sogar Tagesgespräch und der Laden Pilgerstätte für Handarbeitsverrückte wird. Möglich, dass wir dann sogar irgendwie erweitern müssen, was mich sehr freuen würde."

„Du meinst, ich könnte dann wieder auch Zubehör verkaufen?"

„Warum nicht? Du könntest ja sogar Handarbeitslehrgänge anbieten. Und mir kommen gerade wieder ein paar Ideen, wie man das räumlich umsetzen kann. Aber das diskutieren wir wirklich erst nach dem Urlaub aus." Dann begann er zu lachen, weil Lynns Gesicht wieder Bände sprach. „Ja, davon träumen darfst du."

„Also doch angeboren", kicherte sie.

Geträumt hatten sie beide, als sie in den Gärten von Saint Martin in Monaco genau jene Stelle besuchten, die auf dem Bild in Massimos Restaurant zu sehen war und die beide zu unterschiedlichen Zeiten vom selben Punkt aus fotografiert hatten.

Lynn hatte aber bei der Planung vehement Veto eingelegt, als Nick ihretwegen hier übernachten wollte. „Für das Geld kannst du woanders eine ganze Woche Fünf-Sterne-Urlaub machen!"

So hatte die Vernunft gesiegt und ihnen ein ruhiges Hotelzimmer in den Bergen von Sanremo beschert. Sie mussten nicht unbedingt Meerblick haben, weil sie schließlich ganzjährig den genau so schönen Gardasee bestaunen konnten. Hier war der Besitzer von der Rezeption aus informiert worden, dass jener Nick Tozzi, der für zwei Tage gebucht hatte, tatsächlich der Künstler Feretti sei.

Lynn und Nick staunten, als sie vom Stadtbummel zurückkamen und auf dem Tisch in ihrem Zimmer einen Rosenstrauß und eine Flasche Sekt vorfanden. Nach dem Abendbrot bat der Chef um ein Gespräch, wo er gleich die einmalige Chance nutzen wollte, auch eines der begehrten großformatigen Werke zu kaufen.

Nick nahm sofort die erforderlichen Maße, denn eine Tasche mit den wichtigsten Werkzeugen für seine Arbeit steckte immer im Kofferraum. „Es sind fünf Stunden Fahrt bis hierher", sagte er zu Lynn. „Wir werden es also an einem Wochenende übergeben, damit wir noch ein bisschen die Landschaft genießen können und nicht unter Zeitdruck geraten. Auf dem Heimweg können wir ja bei meinem Vater Kaffee trinken."

„Guter Plan", lobte Lynn, die nichts dagegen hatte, Freizeit mit wichtigen geschäftlichen Dingen zu kombinieren. Man hatte sich ja auch jetzt schon vorher darauf abgestimmt, im Urlaub für den Job allzeit bereit zu sein. Es verdarb also keiner dem anderen die Laune, wenn sich der Fokus plötzlich änderte.

Dafür, dass die erotischen Momente nicht zu kurz kamen, sorgten beide. Nick lag viel daran, Lynn immer wieder zu begeistern, besonders an Tagen, wo sie auf Veranstaltungen von Männern regelrecht umschwärmt worden war.

„Mach dich doch nicht selber verrückt", riet sie ihm, als er auf der Heimfahrt im Hotel in Venedig überaus gestresst wirkte, weil die Männer zweier seiner Verehrerinnen Lynn buchstäblich Gespräche aufzwangen. „Du hättest gar nicht wissen wollen, wie es hinter meinem Lächeln aussah! Im Gegensatz zu dir bin ich, was das betrifft, eine ziemlich gute Schauspielerin."

„Hm, Andrea hat wohl recht. In dem Fach bin ich wirklich lausig. Solange du mir nichts vorspielst, ist die Welt in Ordnung", seufzte Nick.

„Du würdest es sofort merken", erwiderte Lynn. „Vergiss nicht, dass wir Seelenzwillinge sind."

„Stimmt!" Nick ließ erfreut seine Fingerspitzen über ihren Rücken huschen, der gerade so einladend vor ihm auftauchte, weil Lynn duschen wollte. Ohne mit dem Streicheln aufzuhören, schaffte er es, sich seiner Kleidung zu entledigen, um in der Duschkabine kräftig nachzulegen.

„Meine Güte, ist das glitschig!", erschreckte sich Lynn, als sie ausrutschte und beinahe stürzte.

„Wir sind eben nicht zu Hause", konstatierte Nick, sie zuverlässig festhaltend. „Es wäre wohl besser, mit dem Schmusen im Bett weiterzumachen."

„Nichts wie hin!" Lynn schloss den Wasserhahn.

Aber schnell stellten beide fest, dass sie auch hier nicht zu Hause waren und man wohl noch das Husten der Mücken aus dem Nebenzimmer hören konnte. Das hielt sie aber auch nicht ab, das heiße Spiel ganz einfach etwas stiller fortzusetzen. Statt drei Tage zu bleiben, fuhren sie am nächsten Morgen schon weiter, um lieber Vincenzo zu überraschen, und in Padua zu übernachten.

Hier war der richtige Zeitpunkt, über neue Pläne zu sprechen. „Könntest du dir vorstellen, mitsamt deiner Orchideenvitrine und deinen Gartenkräutern bei mir einzuziehen?", fragte Nick. „Eines der Gästezimmer könntest du dir als Büro einrichten und unten erweitern wir den Laden auf die gesamte Etage. Dein Schlafzimmer könnte Warenlager werden und in deinem jetzigen Wohnzimmer bleibt der Arbeitsraum, in welchem du auch gesellige Runden und Lehrgänge geben oder direkt Beratungen machen kannst, wenn einer ein Problem bei seiner kreativen Arbeit hat. Im Grunde genommen das, was du auch in Deutschland getan hast, nur ein bisschen größer."

„Willst du dann den zweiten Eingang lassen?", fragte Lynn.

„Das wäre sinnvoll. Ich lasse eine zweite gesicherte Tür direkt am Fuß der Treppe zu den Wohnräumen einziehen und den Bereich dahinter bis zur Wand als Zusatzstauraum verblenden. Dort können dann auch Sackkarre, Leiter und Straßenbesen bleiben, wie bisher. Die Küche lassen wir unberührt so stehen, damit die geselligen Runden beköstigt werden können. Die Duschkabine wird ich hier oben im Gästebad installiert, damit wir nicht auf den Komfort verzichten müssen." Sowohl Nick als auch Vincenzo schauten Lynn erwartungsvoll an.

„Klingt vernünftig", sagte sie. „Du wirst ja sicher nicht gleich morgen umräumen wollen."

„Nein, das habe ich erst vor, wenn die Auftragslage es wirklich verlangt", antwortete Nick.

Lynn lächelte. „Du wärst aber nicht unglücklich, wenn ich jetzt schon bei dir einzöge."

„Das wäre mein sehnlichster Wunsch, wie du ja schon lange weißt." Nick streichelte ihre Hand.

„Vielleicht sollten wir morgen, an unserem letzten Urlaubstag, die Klamotten des Schwindlers Bianchi in Kisten packen und hinter der Treppe parken, sonst ist ja gar kein Platz für mich", schlug Lynn vor.

Nicks Jubelschrei hörte man sicher noch zwei Grundstücke weiter.

„Braucht ihr Hilfe?", fragte Vincenzo sofort.

„Ich denke nicht", erwiderte Nick nach kurzem Überlegen.

„Ich glaube schon", widersprach ihm Lynn. „Die Teile der Vitrine sehen ziemlich schwer aus."

„Unter diesem Gesichtspunkt brauchen wir allerdings Hilfe", staunte Nick, weil Lynn wohl doch sofort umziehen wollte.

„Dann komme ich Ende nächster Woche", legte Vincenzo fest. „Bis dahin wisst ihr ja sicher, wo ihr sie genau hinstellen wollt." Ihm war es überdeutlich anzusehen, dass auch einer seiner sehnlichsten Wünsche in Erfüllung ging, wenn Lynn und Nick so eng zusammenrückten.

Am nächsten Nachmittag war es soweit. Lynn hatte bereits Wäsche gewaschen, das Mittagessen war verspeist und sie zog sich eine bequeme Hose an, um gut räumen zu können. Nick stand etwas hilflos vor den Schränken Bianchis, den er nicht mal mehr als Exfrau betitelte. Sie waren von der Polizei nur grob abgesucht worden, weil außer Kleidung nichts zu sehen war.

Lynn brachte zwei große Kisten mit nach oben und bat um Handschuhe. Nick zog auch welche an, ehe sie Stück für Stück aus den Fächern nahmen, und einzeln in die Kisten packten. Lynn faltete jedes Teil auf und tastete von außen eingearbeitete Taschen ab.

„Suchst du was Bestimmtes?", fragte Nick erstaunt.

„Nein. Aber ich rechne mit allem, bei dieser Person. Deshalb wollte ich auch Handschuhe haben." Lynn zog eine Wolljacke aus dem untersten Fach. „Ist die aus Bleifäden gestrickt? Die hat ja ein Gewicht wie ein Kettenhemd!"

„Da steckt tatsächlich was in den Taschen!", rief Nick. „Sei bloß vorsichtig!"

„Ölpapier!" Lynn holte ein längliches Päckchen aus der einen und ein fast quadratisches aus der anderen Tasche. „Ich packe es auf, du filmst!"

„Du scheinst wieder eine deiner Visionen zu haben", stellte er beunruhigt fest, sofort das Handy zückend.

Was allerdings zum Vorschein kam, hatte Lynn nicht erwartet. Sie war von Sprengstoff oder Gift ausgegangen, hatte aber keinesfalls mit antikem Geschmeide, das Millionen wert sein musste, gerechnet. „Das könnte der verschwundene Schmuck Monsieur Lefebvres sein. Suchen wir weiter", murmelte sie, nachdem sie sich etwas von der Überraschung erholt hatte.

Am Ende lagen sieben Päckchen mit Schmuck verschiedener Epochen auf dem Fußboden und Nick bat De Luca, sofort zu ihnen zu kommen. Bis dahin räumten sie weiter aus und Lynn desinfizierte den Schrank, weil sie Bianchi nicht über den Weg traute.

„Was ist so geheim, dass wir darüber nicht am Telefon sprechen können?", fragte De Luca mehr amüsiert, als verärgert. Nick winkte nur mit dem Finger und öffnete die Tür zum Ankleidezimmer. Die Augen des Anwalts wurden tellergroß, zugleich klappte sein Unterkiefer fast bis auf die Schuhspitzen. Lynns neue Entdeckung machte ihn sprachlos. Als er seine Stimme wiedergefunden hatte, regte er an, sofort Falconetti zu informieren und es ihm zu überlassen, die Story über den Fund in die Medien zu bringen.

Das machte Nick auf einfache Art: Er schickte ihm kommentarlos das Video des ersten Päckchens und schon nach wenigen Sekunden klingelte das Telefon. Falconetti schaffte es tatsächlich, per Motorrad anzukommen, bevor die Schätze in einem Sicherheitsbehälter verpackt in De Lucas Banktresor wanderten, wo sie darauf harrten, den ehemaligen Besitzern wieder zugestellt zu werden.

Lynn gönnte ihm das Glück, mit ihrem Video die Tagesnachrichten aufzumischen und ordentlich Geld zu verdienen. Sie würden sicher auch nicht leer ausgehen, denn die Exmänner des Heiratsschwindlers hatten nicht unbeträchtlichen Finderlohn ausgesetzt.

„Zumindest ist der eine Schrank erst mal frei", schmunzelte Lynn, als sie sehr spät in der Nacht endlich wieder allein waren. „Das Schuhregal räumen wir morgen aus."

„Jetzt kapiere ich aber, warum er uns in die Luft jagen wollte – weil er anders nicht mehr an die Schmuckstücke herangekommen wäre", brummte Nick. „Und du hast ihm die Tour vermasselt, weil du die Sprengladung entdeckt hast."

Lynn lächelte breit. „Ich hoffe doch sehr, dass er die heutigen Nachrichten gesehen hat, quasi als Abschied, weil er nun nie wieder an die Kleinode herankommt. Dass nun sein Hass auf uns ausufern wird, kannst du dir sicher auch vorstellen."

„Oh Mann! Hoffentlich schnappen sie den Kerl bald, damit wir endlich zur Ruhe kommen können." Nick fuhr sich mit beiden Händen durchs Gesicht.

Das Schuhregal barg keine besonderen Überraschungen, außer sündhaft teure Highheels, in denen man sicher keine zehn Meter laufen konnte, wie Lynn kopfschüttelnd feststellte. Weil auch De Luca der Meinung war, man solle den ganzen Plunder aufheben, bis der Delinquent gefasst sei, wanderten noch drei Kisten Edeltreter hinter die Treppe.

Wenn Lynn in den nächsten Tagen von unten nach oben ging, brachte sie jedes Mal einen Armvoll Kleidung oder Bücher mit. Hin und wieder auch gleich einen Wäschekorb voller Dinge, auf die sie oben keinesfalls verzichten wollte. Die leeren Regale trugen sie gemeinsam in das neue Arbeitszimmer.

Als Vincenzo am Wochenende erschien, war wirklich nur noch die Vitrine umzusetzen, die ihren neuen Platz als Raumteiler im Wohnzimmer erhielt. Er tippte Nick auf die Schulter. „Meinst du nicht auch, dass eine Wohnung mit Pflanzen gleich viel freundlicher wirkt?"

Der seufzte. „Ich hab es versucht. Entweder hab ich alles Grünzeug ertränkt oder aber vertrocknen lassen. Ich bin sicher, Lynn wird in absehbarer Zeit auch Topfpflanzen im Ödland verteilen, weil sie die aparten Gewächse über alles liebt."

Lynn nickte heftig. Dann fiel ihr ein, dass der Kleiderschrank in ihrer Wohnung nun im Arbeitsraum perfekt wirken würde, weil sich Kundinnen gleich mit Schmuck und Wolle in den Spiegeltüren betrachten konnten. Die Männer befanden die Idee für gut und brachten den Schrank ins Nebenzimmer. Einfache Regale kosteten nicht die Welt und konnten jederzeit im nun freien Materiallager aufgebaut werden.

Inzwischen gab Nick den Umbau des Eingangsbereichs des Hauses in Auftrag. Falconettis Revanche trieb doch schon deutlich mehr Kunden und allgemein Neugierige in die kleine Seitengasse.

Zu Abend aßen sie bei Massimo, der sich riesig über Vincenzos Anwesenheit freute und sie unterrichtete, wie krass die Meldung über den Schmuckfund eingeschlagen hatte. Nicht jeder hätte den Schatz gemeldet, um ihn zurückzugeben. Die Achtung vor den beiden war wieder ein Stückchen gewachsen.

„Ihr habt in den paar Monaten zusammen schon unglaublich viel erreicht", staunte Vincenzo und die beiden freuten sich nun noch mehr auf den Unternehmerball, zu dem er sie eingeladen hatte. Bei solchen Gelegenheiten konnte man nicht nur bestehende Kontakte pflegen, sondern auch neue knüpfen.

Showdown in Peschiera

Lynn kontrollierte noch einmal ihre Tasche. Das rote Kleid war drin, die Highheels, der Brillantschmuck und die Haarspangen. Nach kurzem Nachdenken packte sie die Schuhe wieder aus. Fatal, würde sie beim Tanzen stürzen! Also griff sie nach einem Paar knallroter Pumps mit nicht ganz so hohen Absätzen und raute noch rasch mit einer Stahlbürste die Sohlen auf, um richtig sicher zu sein. Waschzeug, Wechselwäsche und diverser Kleinkram komplettierte die Ausrüstung und so schloss Lynn mit gutem Gewissen die kleine Reisetasche. Nick hatte sich für einen nachtblauen Smoking entschieden, der das Rot von Lynns Kleid perfekt zur Geltung bringen werde.

„Es kann losgehen!"

„Fantastisch!" Nick nahm ihr die Tasche ab, Lynn schloss die Haustür zu. Die versteckten Kameras überwachten alles und gaben notfalls auf Nicks Uhr Alarm, wenn etwas nicht ganz geheuer war.

„Da wird mein Vater ja wieder richtig aufleben, wenn er mit dir tanzen kann", schmunzelte Nick, als sie unterwegs in den Nachrichten vom bevorstehenden Ball hörten.

„Er ist ein begnadeter Tänzer", lobte Lynn. „Da lässt frau sich gerne führen."

„Von mir nicht?"

„Eifersüchtig?"

„Ein bisschen." Nick lächelte verschmitzt.

Lynn blinzelte. „Du wirst sicher auch auf dem Parkett auf deine Kosten kommen."

„Klingt, als dürfte ich mir danach im Bett meine Belobigung abholen", grinste er.

„Ich bitte darum!" Lynn grinste zurück.

Vincenzo hielt schon nach ihnen Ausschau und öffnete das Tor, als die Überwachungskamera das Nummernschild des schwarzen BMW noch auf der Straße identifizierte. In der großen Doppelgarage war genügend Platz und so stellte Nick den Wagen dort unter.

„Kommt rein, meine Lieben!", rief Vincenzo. „Der Espresso ist gerade fertig. Ich habe natürlich auch an Cappuccino gedacht."

„Oh, das ist gut!", sagte Lynn erfreut, folgte aber erst Nick ins Gästezimmer, um die Ballkleidung aus den Reisetaschen zu nehmen, damit sie nicht knitterte.

Vincenzo hatte eine Schale mit kleinen Gebäckstücken auf den Tisch gestellt, die so lecker schmeckten, dass auch Lynn immer wieder naschte. „Selbst gebacken?", fragte sie schließlich.

„Selbst gekauft", lachte Vincenzo. „Beim Backen habe ich zwei linke Hände und alles Daumen. Das überlasse ich lieber Leuten, die es drauf haben. Ich bin gespannt, welche Firmen heute den Ball mit Leckereien ausstatten werden. Das erfährt man ja immer erst vor Ort, weil das ausgelost und dieses Geheimnis bis dahin eifersüchtig gehütet wird."

Sein Lieblingsbäcker war am Ende nicht unter den Gewinnern, saß aber mit ihnen am selben Tisch und freute sich riesig, dass Lynn seine Minikuchen als exzellent bezeichnete.

Die hübsche Brünette, die man nur aus der Zeitung kannte, wurde natürlich intensiv beobachtet. Von zwei oder drei Damen eindeutig boshaft. Eine davon, die Gattin eines Fleischproduzenten, sagte mit Blick auf Nick ihm Vorbeigehen zu ihrem Mann: „Ich dachte, das wäre ein Unternehmer-, statt ein Künstlerball."

Lynn zog eine Visitenkarte aus der Tasche und drückte sie dem verdutzten Mann in die Hand. „Sie können in meiner Werkstatt gern individuelle Werbeartikel in Auftrag geben. Das Sortiment finden Sie auf meiner Homepage. Gehäkelte Glücksschweinchen als Schlüsselanhänger wären zu ihrem Fachbereich genau passend."

Er bedankte sich und warf mehr als einen Blick auf Karte und Geberin, ehe er sich von seiner, nun leicht angesäuerten, Gattin weiterzerren ließ. Lynn setzte sich wieder und schaute in ausnahmslos grinsende Gesichter. Die Zurechtweisung hatte bitterböse gesessen. Besonders, weil Lynn die Frau völlig ignoriert und nur den Mann angesprochen hatte. Die Dame selbst hatte auf Unternehmer bestanden und da hing sie persönlich halt auch nur als schmückendes Beiwerk dran, wie Lynn mit schnellem Blick erkannte und entsprechend reagierte. Vincenzo rieb sich innerlich die Hände. Lynn hatte Stil, auch wenn sie sauer war. Die aufgeblasene und ewig lästernde *Pute* des Fleischproduzenten hatte das erste Mal ihre Meisterin gefunden. Frustriert blieb sie sogar fern, als sich ihr Mann mit Lynn und Nick unterhielt, um sich etwas besser zu informieren.

Inzwischen erklärte Vincenzo am Tisch, dass die handgearbeiteten Herzchen an seinen Weihnachtspräsenten von Lynn stammten, die sich mit ihren Produkten wahrlich nicht verstecken musste. „Sie macht auch wundervollen Perlenschmuck", verriet er noch, worauf die Bäckersfrau Lynn um eine Visitenkarte bat, weil ihre halbwüchsigen Töchter auf individuellen Schmuck standen, der nicht vom Juwelier stammen, aber zur Kleidung passen musste.

„Aber gerne doch!", rief Lynn. „Ich arbeite auch nach Wunsch."

Bei den Tanzrunden kam Lynn überhaupt nicht zum Ausruhen. Kaum wandte sich Nick zum Gespräch, bat einer der anwesenden Herren um den nächsten Tanz und schon wirbelte sie wieder übers Parkett. In einer Pause begab sie sich schließlich zur Toilette. Weil alle denselben Gedanken gehabt hatten, musste sie noch vor der Tür Schlange stehen und sogar als Letzte.

Eigentlich wollte sie sofort wieder in den Saal zurückgehen, fühlte sich aber plötzlich intensiv beobachtet. Zugleich sträubten sich ihre Nackenhaare. Wie ein wildes Tier witterte sie Gefahr. Doch statt rasch zu verschwinden, beschloss sie, der Sache auf den Grund zu gehen. Am Treppengeländer lehnte ein Mann, der ihr seltsam bekannt vorkam. Sie zog also das Handy aus dem Täschchen, als habe sie gerade einen Anruf bekommen und begann auf Fragen zu antworten, die ihr keiner stellte. Scheinbar, um besser telefonieren zu können, trat sie ans Fenster, in welchem sich der Fremde spiegelte. Lynn machte davon unbemerkt ein paar Aufnahmen und schlenderte, noch immer in ihr Pseudotelefonat vertieft, weiter.

Doch statt im Saal zu bleiben, den sie soeben erreichte, durchquerte sie ihn und wandte sich an den Sicherheitsdienst, mit der Bitte, die Polizei zu kontaktieren, weil der gesuchte Verbrecher Mario Bianchi auf dem Gelände sei. Man stellte die Verbindung her und Lynn begann auf Englisch zu erklären, was sie bemerkt hatte.

Die Nennung der Namen Lynn Wolff und Nick Tozzi genügten, dass man ihr sofort Glauben schenkte. Man versprach, sich möglichst unauffällig um die Ergreifung des Gesuchten zu kümmern.

Damit sich am Tisch niemand Sorgen machte, weil sie so lange fernblieb, schickte Lynn Nick eine Nachricht auf die Uhr: Komme gleich wieder. Pudere mir die Nase.

Nick runzelte die Stirn. Lynn trug nie Make-up, weder als Puder noch als Creme. Sie war wohl wieder mal auf etwas gestoßen, in das es sich lohnte, Zeit zu investieren. Zwanzig Minuten später wusste er auch, in was. Da waren zwei schwarze Limousinen in den Hof gefahren, die scheinbar keinen Parkplatz fanden. Die eine versperrte die Ausfahrt, die andere verschwand hinterm Haus. Kurz darauf gab es Tumult in der Vorhalle.

Der Moderator des Abends bat die Feiernden per Ansage, an den Tischen zu bleiben und Ruhe zu bewahren, weil es einen kleinen Zwischenfall mit einem Gast gegeben habe.

„Wo ist Lynn?!", rief Vincenzo beunruhigt.

Nick legte ihm die Hand auf den Arm. „Offenbar genau da, wo man den *kleinen Zwischenfall* ausgelöst hat." Er zeigte ihm die kurze Nachricht. Einen Moment später summte sein Handy. Nick schaute aufs Display und erbleichte. Lynn hatte ihm kommentarlos eines ihrer frisch aufgenommenen Bilder geschickt.

Vincenzo sah ihn erschreckt an.

„Sie führen jemanden in Handschellen ab!", rief ein älterer Herr, der am Fenster saß, ehe Nick seinem Vater eine Erklärung geben konnte.

Der Moderator entschuldigte sich für die Aufregung und gab die Tanzfläche wieder frei. Der Ball konnte feucht-fröhlich weitergehen. Nick hob beide Daumen, Vincenzo atmete erleichtert auf.

Lynn kam mit einem breiten, äußerst zufriedenen Lächeln zurück. „Aus die Maus! Das Kopfgeld ist mein. Wenn man so blöd ist, nur den Bart zu verändern, und die Augenbrauen vergisst, hat man es nicht besser verdient. Er war übrigens mit einem Springmesser bewaffnet. Ganz sicher nicht, um uns damit den Braten vorzulegen."

Nick nahm die Farbe einer frisch getünchten Kalkwand an. „Er hätte dich töten können!"

„Ich denke, das hatte er auch vor, aber so, dass du zuschauen musst. Er hat mich die ganze Zeit beobachtet. Wahrscheinlich hat er gehofft, dass du mir zu den Sanitärräumen folgst oder mich dahin begleitest." Lynn hob ihr Sektglas. „Auf einen absolut fantastischen Abend!"

Nick und Vincenzo stießen mit ihr an. Erst jetzt klärte Nick seinen Vater auf, was auf seinem Smartphone zu sehen gewesen war. „Nun muss ich mal kurz raus, damit es De Luca nicht aus den Nachrichten erfährt", murmelte er.

„Ich passe auf Lynn auf", blinzelte Vincenzo, weil das natürlich auf der Tanzfläche am besten ging. Nick grinste vergnügt.

Der Anwalt fiel vor Schreck fast aus dem Bett, als Nick zwei Uhr morgens mit knappen Sätzen erklärte, was soeben vorgefallen war. „Geben Sie Falconetti Bescheid?", fragte er Nick.

„Ja, sogar sofort, damit er auch noch vor den Nachrichten die frohe Botschaft empfängt", erwiderte Nick, sich verabschiedend.

Der Reporter war im Buchteil einer Sekunde hellwach, als er die Kurznachricht erhielt: Bianchi soeben in Peschiera verhaftet. Blitzrecherchen gewohnt, wusste er innerhalb weniger Sekunden, dass nur der Unternehmerball der Ort des Geschehens gewesen sein konnte. Dann legte er sich auf die Lauer, um die Nachrichten zu checken, die nicht lange auf sich warten ließen. Überaus erfreut darüber, dass Frau Wolff ausdrücklich seinen Namen erwähnte, und die Fotos, die sie von ihm bekommen hatten, bat er das Pärchen Wolff und Tozzi um ein Treffen für den übernächsten Abend, was ihm gewährt wurde. Nach der Adresse mussten es die Privaträume des Fotokünstlers sein. Falconetti fieberte dieser Begegnung regelrecht entgegen. Wollte er doch in seinem Buch detailliert und wahrheitsgetreu über den aufregenden Fall berichten.

Es war gegen vier Uhr, als Lynn, Nick und Vincenzo mit dem Taxi bei Nicks Elternhaus anlangten. „Ich werde morgen, ach nein, heute und sicher auch die nächsten Tage, Muskelkater haben", prophezeite Vincenzo, Lynn und Nick einen guten Morgen wünschend, denn von Nacht konnte wahrlich keine Rede mehr sein.

Während Vincenzo duschte und wie ein Stein ins Bett fiel, widmeten sich die beiden anderen nach dem Duschen trauter Zweisamkeit, weil sie kein Bisschen müde waren. Zudem kochte bei Nick gerade wieder der Gedanke hoch, was wäre geschehen, wenn Bianchi nicht auf den perfekten Zeitpunkt gewartet oder gar bemerkt hätte, dass ihn Lynn fotografierte. Aus einem zärtlichen Streicheln heraus ging er dazu über, jeden Quadratzentimeter ihrer Haut zu küssen.

„69?", flüsterte Lynn.

Den harmlosen Wunsch erfüllte er doch liebend gern und zog das Vorspiel hinaus, bis ihn Lynn sacht um 180 Grad dirigierte und endlich alles haben wollte, wie sie genüsslich seufzte. Zutiefst befriedigt kam die Müdigkeit schließlich doch noch mit aller Macht.

Nick wurde munter, als ihm die Sonne regelrecht den Nacken versengte. Seine erschreckte Bewegung, um die heiße Stelle anzufassen, weckte Lynn, die feststellte, dass die Temperaturen an eine Sauna erinnerten.

„Ein Wunder ist es nicht", grinst Nick. „Wir haben das Fenster nicht zugezogen und überdies nicht einmal spaltbreit offen gelassen. Die Klimaanlage ist auch nicht eingeschaltet."

„Dann sollten wir es jetzt aber schleunigst ganz weit öffnen", schmunzelte Lynn. „Kann ja schließlich keiner reinschauen."

Nick setzte den Wunsch in die Tat um und grinste: „Jetzt hättest du bei 69 zumindest Lichtschutzfaktor Sex."

Lynn kicherte. „Sei froh, dass du nicht andersherum im Bett gelegen hast, sonst wärst du jetzt vielleicht ein Rotschwänzchen."

Allerdings musste sie ihm erst erklären, was ein Rotschwänzchen war, damit er die Stelle zum Lachen fand. Dann ging das Kopfkino mit aller Macht an und er kicherte amüsiert vor sich hin.

„Ich dachte schon, ich muss allein zu Mittag essen", schmunzelte Vincenzo, als die beiden herumalbernd das Zimmer verließen. „Ich habe einen Tisch beim Chinesen reserviert."

„Oh, chinesisch klingt gut!", riefen Lynn und Nick völlig synchron, worüber alle drei in Lachen ausbrachen.

„Ich bin immer noch geschockt, wie glatt du den Kerl ans Messer geliefert hast", sagte Vincenzo auf dem Weg ins Restaurant zu Lynn, ohne den verhassten Namen des Verbrechers zu nennen. „Die Nachrichtensender überschlagen sich geradezu mit Meldungen darüber."

„Wirklich?" Wieder hatten Lynn und Nick absolut deckungsgleich die Frage gestellt.

Neugierig zog Nick das Handy aus der Tasche. „Ach herrje!", rief er. „Es wimmelt vor Anfragen, nach den Exklusivrechten zur Story."

Lynn zuckte mit den Schultern. „Die hat sich einer verdient gesichert, ohne dessen Bilder wir gestern vermutlich mit durchschnittener Kehle geendet hätten. Ich habe erst beim Fotografieren kapiert, warum mir das Gesicht so bekannt vorkam und wen ich überhaupt vor mir habe. Dann blieb einfach keine Zeit, euch zu informieren. Noch einmal sollte der Dreckskerl nicht ungeschoren davonkommen. Ich wünsche ihm jedenfalls die Pest an den Hals!"

„Mit gutem Recht!", bekräftigte Vincenzo. „Der gesamte gestrige Abend war Balsam auf meine Seele. Schon die Tatsache, dass ihr überhaupt da wart. Dann, dass Lynn den Schmuck mit der Anmut einer Königin getragen und allen die Schau gestohlen hat und zuletzt die Ergreifung des elenden Schuftes, der so viel Leid verbreitet hat, die, per Kopfgeld, buchstäblich auch auf Lynns Konto geht. Sie werden den Kerl ja leider nicht an die Amis ausliefern, weil er hier mehr Schaden angerichtet hat."

„Das bleibt abzuwarten", warf Nick ein. „Vielleicht kennen wir bisher nur die Spitze des Eisbergs."

Lynn nickte stumm, während Vincenzo ein Frösteln überlief.

„Ich glaube fest daran, dass wir nun nicht mehr um unser Leben fürchten müssen", erklärte Lynn sichtbar zufrieden beim Abschied.

Vincenzo schaute dem schwarzen Wagen nach, bis er am Ende der Straße abbog.

Nick zierte den ganzen Tag schon ein sphingenhaftes Lächeln und Lynn fragte schließlich nach dem Grund.

„Och, da gibt es viele", schmunzelte Nick. „Am meisten amüsiere ich mich aber immer noch und immer wieder, wie aalglatt du die Madame des Fleischers abserviert hast."

„Mir fährt es halt richtig in die Nase, wenn so eine aufgeputzte Schnepfe glaubt, freischaffende Künstler seien keine Unternehmer. Dass man da eine ganze Portion mehr unternehmerisches Geschick braucht, um überhaupt existieren zu können, geht offensichtlich nicht in so ein Spatzengehirn hinein", grollte Lynn. „Zumal diese Person keine Ahnung hatte, dass du zudem ein sehr gut gehendes Verkaufsgeschäft mit einer Angestellten hast. Solchen Leuten führe ich ihre öffentlich zur Schau getragene Dummheit mit Vorliebe auch öffentlich vor Augen, wenn man mich derart provoziert." Lynn begann zu lachen. „Nicht zu reagieren, wäre zwar auch eine Variante gewesen, aber keine so wirksame. Die überlegt sich beim nächsten Zusammentreffen drei Mal, was sie von sich gibt. Derart primitive Steilvorlagen verwandele ich zu gern in einen Torschuss."

„Und wie stehen die Auftragschancen beim Gatten?"

„Der hat fünf Schweinchen zum Testen bestellt." Lynn lehnte sich breit grinsend und sehr entspannt zurück.

„Ach, schau an!" Nick freute sich, wie intensiv sie alle Kontaktmöglichkeiten nutzte, um an Aufträge zu kommen.

„Halten wir gleich an der Reinigung?", fragte Lynn, als sie das Ortseingangsschild passierten.

„Gute Idee!"

Ein paar Minuten später standen beide dort am Tresen und gaben die Festkleidung in Auftrag. Nach einem Blick auf die Uhr meinte Nick: „Der Tag ist eigentlich gelaufen. Wir gehen dann rüber zu Massimo zu Abend essen und bereiten uns ein bisschen auf morgen vor, wenn Falconetti kommt."

Massimo empfing die beiden mit einem breiten Grinsen. „Ihr habt es mal wieder seitengroß in die Gazetten geschafft, von den Nachrichten in Funk und Fernsehen ganz zu schweigen."

„Ich bin völlig unschuldig!", rief Nick blinzelnd. „Dafür ist Lynn gestern schon gefragt worden, ob sie nicht noch ein Detektivbüro eröffnen wolle. Ansonsten sind wir froh, dass uns diesmal nicht die Paparazzi an den Fersen hängen."

„Trugschluss, mein Lieber!", rief Massimo. „Die haben heute den halben Tag in meinem Lokal auf euch gelauert."

„Hast du wenigstens ordentlich Umsatz durch sie gehabt?", fragte Lynn.

„Ja, ich kann nicht klagen", lachte der Wirt und erfuhr detailliert, wie durch Lynn die Polizei zugeschlagen hatte und auch, wie sie zu einem neuen Auftrag gekommen war. Massimo wischte sich kichernd Tränen aus den Augen. Er kannte die betreffende Dame ziemlich gut, kaufte er doch auch in jener Firma ein.

Als er das Essen brachte, gab er ihnen flüsternd Bescheid, dass soeben einer der Reporter wiedergekommen sei. In ihrer versteckten Nische waren sie jedenfalls vorerst gut aufgehoben und vor neugierigen Blicken verborgen. Nur mussten sie fast eine Stunde länger bleiben, bis sich der Mann endlich verzog.

„Spätestens übermorgen werden sie hoffentlich ganz verschwinden, denn Falconetti wird sich nicht die Butter vom Brot stehlen lassen", merkte Nick an, als sie zu Hause ungesehen zur Tür hineinschlüpften.

„Ich hoffe doch, dass sie ihn in den Nachrichten erwähnt haben!", rief Lynn. „Ich habe sogar mehrfach ihn und seine hilfreichen Fotos angesprochen."

„Wir werden es erfahren", erklärte Nick und mit Blick die Treppe hinauf: „Whirlpool?"

„Whirlpool!", antwortete Lynn und die Nacht nahm ihren Lauf.

Nick trug Lynn ins Schlafzimmer und wunderte sich, dass sie plötzlich zu lachen begann. Mit ausgestrecktem Zeigefinger deutete sie auf eine junge Fledermaus, die draußen kopfüber am Fenster hing. „Jetzt schicken sie schon Minispione!"

„Unglaublich", grinste auch Nick und ließ das Rollo herunter, weil ihn das harmlose Tier doch ein wenig störte. „Wo waren wir stehengeblieben?", wandte er sich wieder Lynn zu.

„Beim Sekt."

„Den ich jetzt sehr genüsslich von deinem Körper lecken werde", fügte er hinzu und ließ den Worten Taten folgen. Schließlich kam er da an, wo kein Sekt gewesen war, und widmete sich der Aufgabe, Lynn in einen Glücksrausch zu versetzen.

Das Weckerklingeln trieb beide am Morgen aus dem Bett. Nach dem gemeinsamen Frühstück begaben sie sich ans Tagewerk, das zuerst die Prüfung von elektronischer und ausgedruckter Post verlangte.

Lynn trug mehrere Bestellungen in ihr Auftragsbuch ein, sichtete das Material und ergänzte ihre Einkaufsliste. Dann begann sie, Minischweinchen aus Stickgarn zu häkeln. Nick konferierte mit seinem Anwalt, der nun sehr genau erfuhr, was sich in Peschiera zugetragen hatte.

„Langsam glaube ich wirklich, dass Ihnen der Himmel einen Schutzengel mit unsichtbaren Flügeln geschickt hat. Anders ist das kaum noch zu erklären", murmelte De Luca zum wiederholten Mal.

Ähnlich reagierte am Nachmittag Falconetti, als er die Geschichte von Anfang an erfuhr. Mit der Erlaubnis der beiden nahm er das gesamte Gespräch auf, um die zeitlichen Abläufe genau rekonstruieren zu können. Am Abend saßen sie noch immer beisammen und zogen in die Küche um, weil Lynn gefehlt hätte, wäre sie allein dort gewesen, um Essen vorzubereiten.

Hier schaute sich Falconetti auch ganz genau den Schrank und die Kaffeebüchse an, deren *böse Schwester,* Lynn aufgefallen war. Lynn holte sogar ihre kleine Kamera herbei, welche der

Reporter fast andächtig von allen Seiten betrachtete.

„Ich bin auch immer wieder völlig erstaunt, was sie mit dem kleinen unscheinbaren Ding fertigbringt", gab Nick unumwunden zu. „Deshalb habe ich alles daran gesetzt, das originale Gerät zu erhalten, statt ihr einen neuen Fotoapparat zu kaufen, den sie vielleicht völlig ignoriert hätte. Sie hat ja sogar eine neue Hardbox abgelehnt, obwohl diese im Wasser deutlichen Schaden genommen hat."

„Die wird, wenn ich sie gar nicht mehr ersehen kann, beklebt, umhäkelt, bemalt ...", winkte Lynn ab.

„Woher kenne ich das nur?", schmunzelte Falconetti, auf seine Kameratasche deutend, welche ein Flickenteppich aus verschiedenen Brauntönen zierte.

Grinsend holte Nick seine Tasche aus dem Schrank, die nicht nur schon öfter mit allen Farben nachgenäht war, sondern auch mit einem tiefen Kratzer, durch den Prankenhieb einer Bärentatze aufwarten konnte.

„Nicht übel!", kommentierte Falconetti, den Riss genau untersuchend. „Grizzly?"

„Eisbär." Nick rief am Laptop den Fotoordner der besagten Expedition auf.

„Was möchten Sie am liebsten einmal fotografieren?", fragte der Reporter Lynn und es kam, wie aus der Pistole geschossen: „Eine der riesigen Fledermaushöhlen Südamerikas von innen."

„Ein ungewöhnlicher Wunsch für eine Dame!", staunte Falconetti. „Aber nicht unerfüllbar. Ich lade sie beide für September ein, mit mir zwei Wochen lang die großen Fledertier-Kolonien zu besuchen. Genaues sende ich Ihnen per Mail."

Weil Nick gerade Bilder aufgerufen hatte, wählten sie gemeinsam aus, was Falconetti in seinem Buch veröffentlichen durfte.

„Ich werde es nicht in den Druck geben, bevor sie es nicht für gut befunden haben", versprach er. „Es gibt schon genug Schmierenkomödianten unter den Journalisten, da muss ich mich nicht mit einreihen."

„Einige davon haben heute schon intensiv versucht, an die Exklusivrechte zu kommen", erzählte Nick, zeigte ihm die Anfragen und berichtete, was ihnen in ihrem Lieblingsrestaurant zugetragen worden und widerfahren war.

„Es wird mir ein Vergnügen sein, morgen zu erklären, dass ich sie habe", strahlte Falconetti. „Dann wird man auch wirklich Ruhe geben, denn man kennt mich in der Branche als Pitbull. Wenn ich mich in eine Sache verbissen habe, lasse ich nicht mehr los." Er packte sichtlich erfreut die Vertragspapiere in die Tasche.

Mit einem herzlichen Händedruck gingen sie für diesen Abend auseinander.

Lynn und Nick legten noch einmal alle Bilder, die es von Bianchi gab, nebeneinander. „Ich fasse es immer noch nicht, dass du ihn an

Augenpartie, Körpergröße und -haltung erkannt hast", murmelte Nick. „Dass er es wirklich ist, haben die Fingerabdrücke ja eindeutig bewiesen."

„Denke einfach an die gute und die böse Kaffeebüchse. Es gibt Sachen, die brennen sich mir regelrecht ein. Ich hatte ja schon bei De Luca prophezeit, dass ich die Visage gespeichert habe. Ich musste die Bilder nur noch abrufen und vergleichen."

„Klingt einfach, ist mir trotzdem immer wieder ein Rätsel." Er tastete auf Lynns Rücken herum.

„Was suchst du?"

„Die unsichtbaren Flügel."

Lynn blinzelte ihn an. „Such lieber an anderen Stellen, was mir Spaß machen könnte."

„Du kleines unersättliches Geschöpfchen!"

Schmunzelnd zog sie ihn an der Hand ins Schlafzimmer. „Genau deshalb. Ich habe schließlich einen Ruf zu verteidigen, aber das geht, außer uns beiden, wirklich keinen was an."

wird fortgesetzt

Mehr Informationen zu meinen Büchern
(gedruckte Version, E-Book oder Hörbuch)
unter: www.sinas-drachen.com

Teil 1

Teil 2

Teil 1

Teil 2

Teil 1   Teil 2   Teil 3

Teil 1   Teil 2